鎮　魂

小杉健治

集英社文庫

目次

鎮魂

プロローグ

電車が発車したとき、通路をはさんで反対側の座席にひとりで座っている女性に気づいた。新幹線の中で見かけた女性だった。

長い髪で顔の半分が隠れているが、透き通ったような白い肌と高い鼻梁に記憶があった。サングラスをかけている。グレイのパンツスーツ。二十七、八歳ぐらい。

姫路から赤穂線《あこうせん》に乗り換え、鶴見京介《つるみきようすけ》は赤穂に向かうところだった。

ひとり旅の女性は車窓に目をやっている。足元にピンクのキャリーケース。旅行者か、それとも帰省なのか。

幾つか駅を過ぎ、車窓に流れる田畑の風景に目をやりながら、京介はこれから向かう播州《ばんしゆう》赤穂に思いが向いた。

去年の十二月に歌舞伎座で『仮名手本《かなでほん》忠臣蔵《ちゆうしんぐら》』を観た。歌舞伎では足利時代の鎌倉が舞台になっていて、塩冶判官《えんやはんがん》が切腹する場面に大星由良之助《おおぼしゆらのすけ》が駆けつける。が、実際の赤穂事件では、浅野内匠頭《あさのたくみのかみ》の刃傷は江戸城で起きた。筆頭家老の大石内蔵助《おおいしくらのすけ》は国元の赤穂にいたのである。

したがって、松の廊下での藩主浅野内匠頭刃傷の知らせは江戸よりの早駕籠《はやかご》で届いた。いまでは新幹線と赤穂線を乗り継ぎ、四時間ぐらいで到着するが、早駕籠で五日間ぐらいかかっている。

いまなら電話で即知らせることが出来る情報が当時は五日近くもかかった。そんなことを考えながら、行きすぎる小さな駅を眺める。

司法修習生時代の友人の結婚式が、きょう十月二十六日の夜に神戸で行なわれる。新郎は検察官で、今は神戸地検にいる。京介と同い年の三十二歳。新婦は二十六歳で、上司の娘らしい。

披露宴は三宮のホテルで午後五時から行なわれる。せっかくだから赤穂に行ってみようと思い、今朝早く東京を出発した。

姫路から三十分ほどで、播州赤穂駅に着いた。例の女性もここで下りた。

京介は駅前通りを城に向かった。晴れた日で、風は冷たいが、歩いているうちにぽかぽかしてきた。

数人の観光客が屋根付きの井戸の前にいた。京介は説明書きを読む。

元禄十四年三月十四日、江戸城松の廊下で、浅野内匠頭が吉良上野介《きらこうずけのすけ》に刃傷に及んだ。それを知らせる使者の早水藤左衛門《はやみとうざえもん》と萱野三平《かやのさんぺい》が四日半かかって十九日の早朝赤穂城下に到着した。そのとき、ふたりはこの井戸の水を飲んで息継ぎをしてから大石内蔵助の屋敷に向かったという。

そこを離れたあと、辺りを見回した。しかし、例の女性は見当たらなかった。この井戸を見ずに先に行ったのか。それとも、観光客ではなかったのか。

赤穂藩祖浅野長直《ながなお》公によって正保二年に建立され、歴代藩主の菩提寺《ぼだいじ》となった花岳寺《かがくじ》に寄ってから赤穂城跡に向かう。

濠《ほり》のそばに若い女性がいたが、電車の中で見た女性ではなかった。観光バスから降り立った団体といっしょに橋を渡り、大手門から入る。

団体は年配の男女で、他の観光客もほとんどが年配だ。若い人間は少ない。やはり、あの女性は観光客ではないのだと思った。

赤穂城跡には白亜の二層の隅櫓《すみやぐら》が残っているだけだが、大石内蔵助の屋敷の長屋門が現存し、大石神社には義士の木像が展示されており、京介は義士ひとりひとりの討ち入りまでのドラマを思いながら見ていく。

もっとも、京介が知っている義士のエピソードは歌舞伎や古い映画で知ったものだ。

赤穂城跡から赤穂市立歴史博物館に向かう。白壁の土蔵のような建物が五つ並んでいる。赤穂城の米蔵跡に建てられたものらしい。天気がいいので気持ちよかった。

博物館の駐車場を見て、京介はおやっと思った。グレイのパンツスーツの女が立っている。電車の中で会ったサングラスをした髪の長い女性だ。

タクシーを呼んで待っているのか。

気になりながら、京介は博物館に入った。

一階には赤穂の塩に関する展示がされていた。赤穂は古くから塩の産地として栄え、入浜塩田の完成により飛躍的に発展したという。浅野内匠頭の刃傷のもととなる吉良上野介によるいじめも、上野介に乞われながらも赤穂の製塩法を教えなかったことで逆恨みをされたという説もあるくらいだ。

次に、赤穂の城と城下町の展示から赤穂義士の展示に移り、その一角にある赤穂義士シアターで、文楽の『仮名手本忠臣蔵』の一部の映像を観る。

博物館の外に出たとき、とうに女性の姿はなかった。


その夜、三宮のホテルで行なわれた友人の結婚披露宴に出席した。

新郎の相田耕平《あいだこうへい》がまだ独身の京介に気をつかい、新婦の友人たちのテーブルに席を配置してくれたおかげで、話が弾んで楽しいひとときを過ごせた。特に右隣にいた河島美里《かわしまみさと》という女性は目が大きく、可愛い顔だちで、気立てもよさそうだった。が、相手の連絡先をきく勇気がなく、そのまま披露宴は終わってしまった。

二次会は新郎と新郎の友人の男だけでホテルのバーに行った。

「どうだ、鶴見。いい娘《こ》、いたか」

相田耕平が耳元で囁《ささや》いた。

「うん。でも、じつは……」

連絡先をきいていないことを口にしようとしたとき、相田耕平より二、三年上と思える男が近寄ってきた。披露宴で『愛の賛歌』を歌った男で、司会者が東京地検の検事だと紹介していた。

「相田。いい嫁さんじゃないか」

水割りグラスを片手に、その男が声をかけた。

「あっ、皆川《みながわ》さん。さっきはありがとうございました。皆川さんの歌声にみんなうっとりしていました」

「お世辞言ってもこれ以上、祝儀は出さんよ」

「そうそう、紹介します。東京弁護士会の鶴見京介です。鶴見。去年まで、神戸地検にいた皆川雅也《まさや》さんだ。俺がずいぶん世話になった人だ。わざわざ、東京から来てくれたんだ」

「鶴見京介です」

立ち上がって、鶴見は名刺を差し出した。

「皆川です。東京ですか。いつか、ご一緒することもあるかもしれませんね。そのときはお手柔らかに」

皆川は細面で額が広く、眼光が鋭い。いかにも切れ者という印象だ。

「こちらこそ、よろしくお願いいたします」

京介は手強《てごわ》そうだと思いながら頭を下げた。

「相田。奥さんをここに呼んでくるんだろう。早く、呼んでこい」

皆川がせっつく。

「わかりました」

相田は別の席に集まっている新婦の仲間のところに行った。

「上役の娘さんだから、奴《やつ》はきっと尻に敷かれる」

皆川は笑った。

このあとの三次会で新婦と新婦の友人たちと合流することになっていたが、京介は明日の昼までに東京に帰らねばならず、早朝の出発を考慮して二次会が終わってから、先にホテルの部屋に引き上げた。

河島美里に会えたかもと思うと残念だったが、仕方なかった。あとで相田耕平に連絡をとってもらうことも考えたが、断られるかもしれないと思うと、気持ちが萎縮した。だが、このままだと、二度と会えないかもしれない。

シャワーを浴び、ベッドに入っても、京介は自分の臆病さが情けなかった。

翌朝、早く起きて、朝食をとる。バイキングの朝食会場に、新郎の親戚の人間がいたが、友人たちの顔はなかった。ゆうべ、遅かったろうからまだ寝ているのだろう。

八時にはチェックアウトし、駅に向かう途中、市役所の手前にある公園を通って、『慰霊と復興のモニュメント』の広場に差しかかった。

――この広場は、一九九五年一月十七日午前五時四十六分に起こった『阪神淡路大震災』で亡くなられた方々の慰霊と、まちの復興を願って市民のみなさんの募金によって、二〇〇〇年につくられました……

地下に犠牲者の名前を刻んだプレートが掲示されているというので、京介は地下に入った。

淡路島を震源地とするマグニチュード7・3の大地震による死者は六四三四名、行方不明者三名、負傷者四万三七九二名。凄《すさ》まじい被害だ。

当時、京介は北海道札幌の小学校に通っていた。ビルが倒壊し、高速道路が崩れ、そして町が燃えているテレビの映像に子ども心に衝撃を受けたものだった。

プレートに刻印された名前、そのひとりひとりにさまざまな人生があったのだ。突然にそれが断ち切られた無念さを思うと、胸が引き裂かれそうになる。

知り合いに震災の犠牲者はいなかったが、京介はしばし瞑目《めいもく》し、犠牲者を悼んだ。

そこを離れ、駅に近づいても、震災から思いは離れなかった。現在の三宮に震災の爪痕は見られない。だが、それは表面だけだ。身内を失い、親しいひとを失い、家も財産もなくし、仕事さえもなくした罹災者《りさいしゃ》がその後どんなに辛い人生を送ってきたのか、想像に難くない。

新神戸に行くために地下鉄乗り場に向かう途中、三宮の交差点を渡っていく女性の姿を見て、京介はおやっと思った。

グレイのパンツルック。長い髪にサングラス。きのうの女性だ。この地に宿泊したようだ。赤穂のひとではなく、旅行者だったのか。女性はＪＲ三宮駅に向かった。大阪に出るつもりなのかもしれない。

京介は新神戸に出て、『のぞみ』で東京に向かった。

第一章　私選弁護

1

二月の寒波が去った比較的暖かい日だった。

京介は大塚中央署に、被疑者・森塚翔太《もりづかしょうた》の二度目の接見に行った。会うのは三度目だが、初回は弁護士選任の手続きのためで、接見としては二度目だった。

森塚翔太から私選弁護の依頼が柏田四郎《かしわだしろう》法律事務所にあったのは一昨日のことだった。

電話をかけてきたのは大塚中央署の巡査部長で、

「うちに逮捕されている森塚翔太という男が柏田先生の弁護を受けたがっていますので、お知らせします」

柏田は森塚翔太に心当たりはなかったようだ。それだけでなく、柏田はいま大きな事件を抱えていて時間が割けない状況だった。

「私は受任出来ないが、私の事務所の若い弁護士でよければ引き受けてもよいです。そのことを確かめてもらえませんか」

「わかりました」

その後、再び巡査部長から電話があり、それでも構わないという森塚の返事だった。

「すまないが、やってくれるか」

「はい、やらせていただきます」

さっそく、京介は虎ノ門の事務所から豊島区にある大塚中央署に出向き、取調室で森塚翔太と会った。

細身で色白の顔は一見女のようだが、つり上がった目尻に、攻撃的な印象があった。年齢は京介と同い年ぐらいだ。

「柏田法律事務所の鶴見京介です。まず、最初にお訊《たず》ねしたいのですが、あなたは柏田弁護士をどうして知っていたのですか」

「いくつもの冤罪《えんざい》事件を解決した弁護士だと、週刊誌で名前を見た記憶があったんですよ」

「弁護士の報酬はおわかりですか」

「わかりません。でも、貯金がいくらかあるし、テレビとかパソコンなんか売れば少しは足しになると思います」

「ご家族は？」

「いません。妹が結婚して豊橋のほうにいますが、付き合いはありません」

「お訊ねしにくいことですが、もし、あなたが弁護料を払えなければ、妹さんが代りに」

「いや。無理だ。妹は結婚している。迷惑はかけられない。先生、俺の部屋に行って銀行の通帳を調べてください。百万ぐらいあるはずです」

「国選弁護人のことを話したのですが、国選ではどうしてもいやだと」

巡査部長が口をはさんだ。

「だって、一生懸命やってくれないでしょう」

「そんなことはありません」

京介は自分も国選弁護人の名簿に登録しているので、誤解を解くように言った。

今は被疑者段階でも国選弁護人をつけることが出来る。その制度を利用すれば、安く弁護人を依頼出来る。

「いえ。私選で」

森塚ははっきりと言った。

「わかりました。私でよければお引き受けします。きょうは十分しか面会出来ないので、事件のことはまた明日に参りますから」

巡査部長も立ち会っているので、事件に触れることは避けた。

「念のために、妹さんの連絡先を教えていただけませんか」

「知らないんです。縁を切ったも同然ですから」

「そうですか」

それ以上無理強いはせず、

「あとで、私の署名押印した弁護人選任届を渡しますから、あなたの署名と指印をしてください。選任届の件、よろしくお願いします」

最後は巡査部長に言った。

そして、きのうは弁護人となってはじめての接見をした。接見室で警察が立ち会うことなく、ふたりきりで会った。

被疑者段階での弁護ではまだ警察の実況見聞調書などの捜査資料を見ることは出来ないので、事件の詳細は被疑者から聞くしかなかった。

この日の接見では、逮捕から起訴されるまでの流れや取調べを受ける際の注意などをしてから事件についてきいた。さらに、現場に行き、目撃者にも会い、事件の概要を摑《つか》んだ。

それによると、事件が起きたのは四日前の夜十時ごろ。

北大塚四丁目の『すみれハイツ』の横にある児童公園でふたりの男が争っているのを、アパートの住人が目撃して警察に通報した。近くの交番から巡査が駆けつけたとき、血のついた文化包丁を持って呆然《ぼうぜん》としている男がいた。身長百七十センチぐらい、やせ型で、三十歳前後。鼻血を流していた。

足元には腹部を刺されて五十代とみられる男性が死んでいた。大柄な男だ。

死んでいたのはアパートの二階二〇二号室に住む宇田川洋一《うだがわよういち》、五十二歳。刺した男は被害者の隣室二〇三号室に住む森塚翔太、三十二歳。

宇田川洋一がこのアパートに引っ越してきたのは今年の一月十二日。一カ月前である。引っ越してきた当初から宇田川洋一と森塚翔太は仲が悪かった。

まず、騒音問題。森塚翔太は夜中に帰ってくることが多い。ばたんとドアを閉める音、テレビの音量、トイレの音など、宇田川洋一はそのたびに苦情を言い、それに対して、森塚翔太は激しく言い返す。

その夜、外出先から帰ってきた森塚翔太が自分の部屋に入ろうとしたとき、隣の部屋から宇田川洋一が出てきた。近くのコンビニに酒を買いに行くつもりのようだった。

顔を見合わせたときから口論になった。外階段を下りたところで揉《も》み合いになった。体格のいい被害者に圧倒された森塚翔太は自分の部屋に駆け込み、包丁を持って駆け戻り、宇田川洋一を刺したという。

警察は殺人容疑で森塚翔太を逮捕した。森塚に殺意があったと判断したのだ。

きょうは二度目の接見である。きのう、森塚は東京地検に送検された。

接見室で待っていると、森塚が留置係に連れられて通話孔のついた透明板で仕切られた向かいの部屋に入ってきた。

透明板越しに森塚と向き合い、留置係が出ていってから、京介は口を開いた。

「アパートに行き、現場も見てきました」

森塚は黙って頷《うなず》く。

「きょうは事件についてさらに細かく教えてください」

「ええ」

「あなたはほんとうに包丁をとりに部屋に戻ってはいないのですね」

京介はまず、そのことを確かめた。

「ほんとうだ。あのおっさんが包丁を持っていたんだ」

森塚は少し興奮して答えた。

「その包丁はあなたの部屋にあったものですね」

「ええ……」

「なぜ、あなたの部屋にあった包丁を、宇田川さんが持っていたのでしょうか」

「取調べでもきかれたけど、俺にもわからない」

森塚はかぶりを振る。

「もし、そうだとすると、宇田川さんがあなたの部屋からとってきたことになりますね」

「そうです」

「あなたの部屋の鍵は？」

「外出するときは掛けるけど、ゴミ出しのときはそのままです」

「すると、その間に、宇田川さんがあなたの部屋から包丁を盗み出すことは可能なのですね」

「そうです。それに違いない」

森塚は語気を強めた。

「何のために、そんなことをしたのでしょうか」

「俺を殺すためですよ」

「宇田川さんはあなたにそれほどの殺意を抱いていたということですか」

「そうです」

「宇田川さんのほうが体が大きく、強そうですね。それなのに、どうして包丁を持っていったのでしょうか。宇田川さんの部屋にも包丁があったんです。どうして、自分のを使わなかったのでしょうか」

「自分が殺《や》ったとバレちゃうからですよ」

「しかし、宇田川さんとあなたはアパートの前で口論になったのです。あなたに何かあれば、宇田川さんの仕業《しわざ》だとすぐわかってしまいます。それなのに、なぜ、あなたの包丁を使ったのでしょうか」

　京介は素朴な疑問をぶつけた。

「わかりません。ただ、顔さえ見れば悪態をついてきました。少し異常なところがありました」

「きっかけは何でしょうか」

「部屋に出入りするときのドアの開け閉めの音がうるさいと文句を言ってきましたが、そんなにうるさいとは思いません。ですから、そう言い返したら逆上して。それからだと思いますが、あのひとは最初から俺を毛嫌いしていたようです」

「最初から？」

「はじめて会って挨拶をしたときから、不愉快そうな顔をしました。なぜか俺のこの顔が気に入らなかったんですよ。だから、俺のすることなすことが気に入らないんです」

「あなたに殺意を抱くほどですか」

「そこまで恨まれていたとは想像もしてませんでしたが。こっちこそ、いい迷惑だ」

　森塚翔太は口元を歪《ゆが》め、宇田川洋一への憎悪を剝《む》き出しにした。

「先生。ほんとうだ。向こうから先に包丁で俺を殺そうとしたんだ。正当防衛だ。人殺しにされたんじゃかなわねえ」

「警察はあなたが包丁を自分の部屋から持ちだしたと見ているわけですね」

「そうです。こっちの言い分なんて聞いちゃくれない」

森塚は睨《にら》んできた。

「ともかく、取調べでは自分の言いたいことはしっかり訴えるのです。いいですね」

「わかってます」

「それでは、また来ます。どなたかに連絡をしたければ私がしておきますが」

「そうですね」

森塚は身を乗り出したが、すぐに溜《た》め息《いき》をついて、

「いいです」

と、言った。誰かを思い描いたようだ。

「どなたですか。遠慮しないで」

「ほんとうにいいんですか。たぶん迷惑がられるかもしれない。それに……」

「それに、なんですか」

「今、どこにいるかもわかりませんから」

「わからない？　どうしてですか」

「さあ、どうしてですかねえ。俺はひとから嫌われるタイプだからな」

森塚は自嘲ぎみに言う。

「私のほうでもう少し調べてみます。くどいようですが、取調べではやっていないもの

はやっていない、主張すべきはちゃんと主張してください」

「わかっています。俺はほんとうにやっていないんですからね」

果して森塚は真実を語っているのか。ポイントは凶器の包丁だ。

宇田川と揉み合いになったら体力的に劣る森塚のほうが不利だ。殴られて逆上した森塚は部屋に駆け戻り、包丁を持って飛び出してきた。そうして宇田川を刺したという警察の解釈のほうが自然だ。

しかし、森塚は宇田川のほうが自分を殺そうとしたと主張している。そうだとしたら、相手を殺しているので過剰防衛という線も考えられなくはないが、正当防衛で闘える。だが、森塚の言い分はほんとうなのか。京介もわからない。森塚を信用し、そのことを立証することが出来るか、調べなければならない。

まず担当の検事に会って、事件についていくつか確かめたいことがあった。

「地検の検事さんの名前を覚えていますか」

「皆川検事です」

「皆川……」

相田耕平の結婚披露宴の二次会で会った検事だ。鋭利な刃物のような目をした皆川の顔が蘇《よみがえ》ってきた。

まさか、こんなに早く、顔を合わせるようになるとは予想もしていなかった。

接見時間が終わり、京介は椅子から立った。


翌日の午後、時間を作って、もう一度、現場に行った。

アパートの横に公園がある。ふたりはアパートからここにやって来て揉み合ったのだ。

しかし、警察が主張するとおりだとしたら、劣勢に陥った森塚が部屋まで包丁をとりに行き、戻ってくるまでの間、宇田川はまだ公園に残っていたことになる。

寒い夜だ。それは不自然ではないか。反撃のポイントとなるかもしれないと思ったが、宇田川は何らかの理由でその場から動けなかった可能性もある。

宇田川に殴られた森塚は鼻血を流したのだ。宇田川は拳にこびりついた森塚の鼻血を公園の水飲み場で洗っていたのかもしれない。

京介はアパートに向かった。ふたりが争っているのを見て警察に通報したのは、一階の一〇三号室に住む七十歳の金井《かない》雄吉《ゆうきち》だった。

京介は一〇三号室を訪ねた。先日は会えなかったので、きょうが初対面だ。

インターホンを鳴らし、ドアを開けて顔を出した男に弁護士の身分証明書を見せた。弁護士会で発行しているものだ。京介は細身の長髪で、色白のせいか、学生っぽく見られ、相手は弁護士とはすぐに信用してくれない。だから、身分証明書を持ち歩くことにしていた。

「弁護士の鶴見と申します。金井雄吉さんですか。少し、お話を伺わせていただきたいのですが、よろしいでしょうか」

「あんた、森塚の弁護士？」

「はい。そうです」

「あんな男の何を弁護しようと言うのですか」

「まず、事実関係を確認したいのです。金井さんは、ふたりが争っているのを見たそうですね」

極めて事務的に、京介はきいた。

「ああ、夜中にトイレに行ったら、激しく言い合う声が聞こえたんですよ。驚いて、台所の窓を開けて外を見たら、公園でふたりの男が揉み合っていた。それで、急いで警察に知らせたんです」

「そのときはまだ、宇田川さんは倒れていなかったのですね」

「そう。それからしばらくして悲鳴が聞こえた」

「あなたがトイレに行く前に言い争う声を聞きましたか」

「いいえ、私は気づかなかったな。寝ていたから」

「ふたりはいつも対立をしていたようですね」

「そうです。まあ、森塚のほうが悪い」

金井は言い切った。

「どうしてですか」

「毎晩遅く帰ってきて、どたばたしているんだからな」

「あなたは階下ですが、音はうるさかったですか」

「ああ、うるさかった」

「文句を言ったことは？」

「いや、ない」

「宇田川さんはどんなひとでしたか」

「見掛けによらず、おとなしいひとでしたよ。会えば、ちゃんと挨拶をするし、腰が低くて。声を荒らげるのも聞いたことがない。そんな人が、森塚に文句を言ったのなら、よほど、森塚の態度が悪かったんじゃないですか」

金井も、森塚にはよい印象を持っていなかったようだ。

「宇田川さんは、一カ月前に引っ越してきたのですね」

「そう。そのときもアパートの住人にちゃんと挨拶してまわっていた」

「宇田川さんはひとり暮しでしたね」

「そう。宇田川さんの部屋には三人で撮った写真が仏壇に飾ってあった。東日本大震災で奥さんとお子さんを亡くしたそうだ」

「宮城県女川町《おながわ》に住んでいたそうだ。大震災から四年近く経《た》ち、やっと働こうという気になったようだ。ハローワークで紹介されて毎日、職業訓練所に通っていた」

「東日本大震災？」

宇田川洋一は大震災の罹災者だったのか。家族を失い、心に傷を負いながらようやく立ち直ろうとしていた矢先の不幸だったのだ。

二〇一一年三月十一日、京介は虎ノ門にある柏田四郎法律事務所で地震に遭遇した。激しい揺れとともに本棚の本や机の上の書類が床に散乱し、足の踏み場もないほどだった。すぐに止むと思っていた揺れがいつまでも止まず、だんだん大きくなり、立っていられず机の端に摑まっていた恐怖が蘇る。

部屋の中がめちゃめちゃになっただけの被害だったのに、その後も微かな揺れに敏感に反応し、激しい恐怖心に襲われた。

東京にいてもそうだったのだから、東北のひとたちの味わった苦痛と恐怖はいかばかりだったか。ましてや家族を失い、家を失い、すべてを失ったひとたちの思いは……。考えただけでも、胸が締めつけられる。

宇田川洋一はまさにそんな人間だった。この数年間、どんな思いで生きてきたのか。京介は宇田川洋一に同情を禁じ得ない。

しかし、京介は弁護士として、森塚翔太の弁護をしなければならない。森塚翔太が言うように、宇田川のほうが包丁を持って襲ってきたのかどうかを明らかにしなければならない。

確かに状況からすれば、森塚の言うことは信憑性《しんぴょうせい》に欠ける。職探しをして再起を図ろうとしている宇田川に、森塚を殺そうとする明確な意図があったとは思えない。

しかし、宇田川は物音に対して異常な反応を示していたということはないか。

「宇田川さんは物音に怯《おび》えているようなことはありませんでしたか」

「いや。特には何もなかった」

「そうですか。わかりました。また、何かあったらお訊ねにあがるかもしれません」

「いいが、森塚の罪を軽くするようなことだけはやめてくださいよ」

金井は釘を刺した。

宇田川が東日本大震災の罹災者であり、家族を失っていることに注目しなければならないと思った。

ひょっとして、森塚は宇田川が許せないような暴言を吐いた可能性もある。東日本大震災の罹災者に対する心ない言葉を……。

夕方、京介は東京地検に皆川検事を訪ねた。今朝、電話で約束をとりつけてあったのだ。検事室の扉を開けると、立会い事務官が迎えてくれた。正面の大机の向こうに、皆川検事が座っていた。

　京介は応接セットに案内された。皆川がやってきた。

「まさか、鶴見先生とこんなに早く相まみえるとは思いませんでしたね」

　挨拶をして厳しい表情のまま、皆川は向かいに座る。

「森塚翔太の件ですね」

「はい。現場の状況や被害者の傷の具合などを教えていただきたいと思いまして。まず、被害者の傷は何カ所でしょうか」

「二カ所です」

「二カ所……」

　相手から包丁を奪い取って反撃に出たとしても、正当防衛を主張するには微妙だ。森塚は二度刺したことになる。

「どことどこでしょうか」

　皆川は死体検案書を見せてくれた。それによると、心臓部と腹部に傷があった。その他、右手のひらと左手の甲に切り傷。

「最初に腹部、次に心臓部を刺したということです」

「包丁の柄に、被害者の指紋は？」

「ありません」

「ない？　そうですか」

宇田川が包丁を持って向かってきたのなら、当然、柄には彼の指紋が付着していなければならない。

「被害者は手袋をしていませんでしたか」

「いや、素手だ」

「近くに手袋が落ちていたことは？」

「ない」

「そうですか」

ますます、宇田川洋一が包丁を握って襲ってきたという森塚の言い分が怪しくなってきた。

「森塚翔太は相手が襲ってきたと言っているが、そのような形跡はありません」

皆川ははっきり言い、

「それから、被害者のほうが体が大きい。腕力の強い者が包丁を持って襲ってきたのを、細身の森塚がどうして包丁を奪い、反対に刺すことが出来たのか、その説明もつかないのです」

と、付け加えた。

「森塚は鼻血を出していたのですね」

「そう。被害者が殴ったのだ。そのことでかっとなった森塚が部屋に包丁をとりに行って、被害者を刺したと見るのが自然だろう。実況見聞調書、死体検案書などからも、それははっきりしている」

京介には逃げ道を塞がれたような容赦ない言い方に感じられた。

まだ、京介に反論出来るだけの材料はなかった。

2

東京地検。皆川雅也の検事室である。

被疑者の森塚翔太が目の前に座った。二度目の取調べだ。

森塚は一見おとなしそうだが、ときとして異様な目付きをする。いったん、かっとなると何をするかわからないような狂気性を秘めているようだ。

「では、はじめます」

皆川は事務的に口を開いた。検察事務官の正田《しょうだ》がパソコンのキーボードに手を置いた。

「前回、あなたは被疑事実について、被害者から包丁で襲いかかられ、揉み合っているうちに反対に刺してしまったと主張しましたね」

「そうです」

「今も、その言葉に変わりはありませんか」

「ありません。いつも向こうが俺につっかかってきたんだ。俺のやることはなんでも気に入らないんだ。ゴミ出しにも文句をつけるし」

森塚は憤然と言う。

「なぜ、被害者はあなたをそのように毛嫌いしていたんでしょう」

「わかりません」

「自分では気づかないうちに何か言っていたのではないですか」

「思い当たりません」

「そう」

皆川は冷たい目で不貞腐《ふてくさ》れたような森塚の顔を見つめ、

「あなたは宇田川さんが宮城県の女川町に住んでいて、東日本大震災に遭っていたことを知っていましたか」

「いえ、そうなんですか」

森塚はきき返した。

「知らなかった？」

「あのひととは、まともに話をしたことはありませんから」

「他の住人からも聞いていないのですね」

「アパートのひとと会う機会がないので」

「宇田川さんはドアの開閉の音、ゴミ出しのことであなたに苦情を言っていた。そのことであなたも腹が立って、いつも顔を合わせれば言い合いになっていた。そのことは間違いないのですね」

「正確にいえば、向こうが勝手に文句を言ってきたんです」

　森塚は憮然と言う。

「なるほど。しかし、いつもいつも文句を言われ、あなたもかなり頭に来ていたんじゃないのかな」

「ええ、うんざりしていました」

「そのことで、宇田川さんに抗議をしたことは？」

「なんでいつも、俺を目の敵《かたき》にするんだときいたことはあります」

「宇田川さんはなんて？」

「顔が目障りなんだと言いやがった」

「顔が目障り？」

「ほんとうだ。ほんとうにそう言ったんだ」

「じゃあ、そのときはかっとなった？」

「それは腹が立ちました」

「言い合いになった?」

皆川はさらにきく。

「ええ。そしたらいきなり殴りかかってきた」

「殴り合いになったのですね」

「でも、相手のほうが力が強いし」

「では、やられっぱなし?」

「………」

「いつか仕返しをしてやろうと思っていたんじゃないのか」

「思ってませんよ」

森塚は怒ったように言う。

「じゃあ、やられっぱなしでも平気だったのですか」

言葉を和らげる。

「平気ではないけど」

森塚は俯《うつむ》いた。

「平気ではないなら、いつか仕返しをしようと思っていたのではないか。事件の夜、あなたは廊下で宇田川さんと出くわした。とっさに恐怖心から部屋に戻り、包丁を隠し持って外に出た……」

「違う。包丁を持っていたのは向こうだ」

森塚は強調した。

「どうして、宇田川さんがあなたの家の包丁を持っているんだね？」

皆川が迫るようにきく。

「俺のところから盗んだのだ」

「どうして、そんな真似《まね》を？」

「わからない。でも、あのひとは俺を殺したいほど毛嫌いしていたんだ」

「どうして毛嫌いしていたんだ？　何か心当たりは？」

「わかりません」

結局、話は堂々巡りになる。

「ところで、藤木利香《ふじきりか》という女性を知っているね」

皆川は質問を変えた。

森塚ははっとしたように顔を上げた。

「ええ」

「関係は？」

「恋人でした」

「今は？」

「もう、別れています」

「なぜ、別れたのですか」

「お互いに飽きたんだと思います」

「へんだね。あなたは、別れたあとも藤木利香さんにストーカーを働いていたのではありませんか」

「…………」

「彼女があなたから去っていった理由もあなたのDV《ディーブィ》」

膝に置いた手を、森塚は握りしめた。動揺しているのが見てとれた。

「一年前、あなたは藤木利香さんの行方を突き止め、縒《よ》りを戻すように刃物で脅したのではありませんか」

「それは……」

「そのとき、通報によって駆けつけた警察官によって逮捕されていますね」

「あれは……」

「そのとき、どうして刃物を持っていたのですか」

「ただ、脅すためです」

「脅しがきかなかったら刺すつもりだったのではありませんか。たまたま、警察官が駆けつけたために大事に至らなかったが……」

「違う。あれは関係ない。彼女が逃げまわるから、ついかっとなっただけだ」

「あなたはかっとなると何の見境もなくなってしまうのではありませんか」

「違う」

「あなたは去年の十一月に、勤めていた居酒屋をやめていますね」

「はい」

「どうしてやめたのですか」

「つい、店長と喧嘩になって」

「どんな理由で喧嘩に？」

「携帯をいじっていたんです。そしたら、いきなり怒りやがって」

森塚は口元を歪めた。

「あっちこっちで問題を起こしているようだな」

「違う。俺はただ携帯をいじっていただけだ。向こうは最初から俺のことが気に入らなかったんだ」

「そんなに嫌われているのかね」

皆川は含み笑いをしてきく。

「違う。たまたま向こうが……」

「向こうがどうしたんだね」

「俺の些細なことに文句をつけるんだ」

「単に注意をしただけじゃないのか。仕事中に携帯をいじっていたら、店長が注意をするのは当然だ。あなたは、他人から何か言われるとすぐにかっとなる。だから、店をやめた。今度も、宇田川さんから部屋の中の物音やゴミ出しなどで注意をされて、かっとなった。だが、腕力ではかなわない。だから、包丁で」

「違う」

森塚が叫んだ。

「きょうはここまでにしましょう」

皆川は終わりを宣言した。

巡査が手錠と腰縄をかけ、森塚を連れて下がった。

「検事。森塚はしぶといですね」

検察事務官の正田が顔を向けた。

「うむ。ただ、いくつか気になる点があります」

「なんでしょう」

正田がきいた。

「包丁をとりにいったタイミングです。公園で口論となり、一方的にやられた森塚がアパートの部屋までとりに行き引き返したという警察の見方ですが、戻ってくるまで、宇田川が公園に残っていたというのも不自然です。このとき、アパートの住人が怒声を聞いて警察に通報しています。駆けつけたとき、森塚は呆然としていたという」

皆川は小首を傾げた。

「アパートの住人は森塚が部屋に刃物をとりにきたのに気づいていない。つまり、住人が言い争いに気づいたのは森塚が包丁を持って公園に戻ったあとでしょう。それで、通報から警察官が駆けつけるまで十分ぐらいありました。なぜ、その間に、森塚はその場から逃げなかったのか」

「そうですね。不自然ですね」

「森塚がアパートに刃物をとりにきたというより、最初から刃物を持っていったと考えるほうが自然です。そして、警察官が駆けつける直前に、森塚は被害者を刺したと考えるべきでしょう」

このままでは、裁判では必ずこの点を突かれる。裁判員からも不審をもたれるに違いない。

「最初から包丁を持っていたというのはどういうことでしょうか。最初から、森塚は被害者を殺すつもりだったということですか」

「そうです。単なる隣人同士の揉め事ではなく、ふたりは以前から顔見知りだったかもしれません」

「つまり、動機は別にあると？」

「そうです。高木《たかぎ》警部補に連絡をとっていただけませんか」

「わかりました」

正田は電話に手を伸ばした。


夕方、高木警部補がやって来た。下腹の突き出た男だ。二重顎で、肥り過ぎを気にしている。

「検事さん。森塚の件で何か」

高木がいかめしい顔できいた。

「森塚が包丁を部屋までとりに戻ったと考えたのはなぜですか」

「それは宇田川にやられていた森塚が、かっとなって包丁をとりに行ったと考えたのです。外出から帰ってきたところだったので、最初から包丁を持っていたはずはありませんから」

「そうなると、不自然な点が幾つか出てきます。最初に公園で揉み合いになり、被害者に殴られてかっとなった森塚が部屋まで包丁をとりに行ったということですが、その間、被害者は公園で森塚が戻ってくるのを待っていたんでしょうか」

「待っていろと言い捨て、森塚は部屋に舞い戻ったか、あるいは宇田川は手についた森塚の鼻血を水飲み場で洗っていたとも考えられます」

「どちらでしょう？」

「これから、森塚の供述をとります」

「それから、警察官が駆けつけるまで森塚は包丁を持って呆然としていたということですが、それまでその場から逃げなかったのはやはり不自然ではありませんか」

「それも森塚の自供によって明らかになります。まだ、取調べの時間は十分あります」

「自供しなかったら？」

「必ず落としてみせますよ」

　高木は自信たっぷりに言う。

「しかし、公判で覆されたらどうしますか」

「……………」

「そのことも考慮をし、あらゆることを考えていたほうがいいでしょう」

「しかし、森塚が言うように、宇田川が包丁を持っていたというのは考えられません。腕力に勝る宇田川なら刃物を使わず森塚を殺すことが出来るでしょう。首を絞めてもいい。それなのに、わざわざ森塚の部屋に押し入り、包丁を盗む必要はありません」

「確かに、そのとおりです。私が気になっているのは、他に動機があるのではないかということです」

「他に動機？」

「森塚が最初から包丁を持って宇田川と会ったと解釈したほうが、自然ではありませんか」

「その可能性も捨てきれません」

「森塚に最初から殺意があったと？」

「しかし、顔を合わせてからまだ一カ月ぐらいですよ。やはり、かっとなって殺したと考えるべきではないでしょうか」

「知り合い？　しかし、宇田川は三年前まで女川町にいたのです。森塚は東京ですよ。接点があったとは思えません」

「宇田川洋一と森塚翔太は以前から知り合いだったという可能性はないでしょうか」

「宇田川洋一は東日本大震災の罹災者ですね」

「ええ」

「たとえば、森塚翔太がボランティアで女川町に行っていたとか」

皆川は思いつきで言ったのだが、考えてみれば、その可能性もなきにしもあらずだ。

「念のために、調べてくれませんか」

「無駄だと思いますけど、まあ、調べてみましょう」

高木は渋々のように頷いた。

高木が引き上げたあと、

「検事、なんだかいつもより慎重になっていますね」

正田が不思議そうにきいた。

「そうですか。自分じゃ、そう思っていませんが」

そう答えたものの、皆川は森塚の弁護人が鶴見京介であることを気にしていた。鶴見弁護士のことは、公判部の郷田《ごうだ》検事から、何度も裁判で痛い目に遭わされていると聞いたのだ。神戸地検時代の後輩相田耕平の結婚披露宴の二次会ではじめて顔を合わせたが、細身で穏やかな雰囲気からはそれほどの遣り手という感じはしなかった。ただ、ものごとを深く考える思索的な顔だちが印象に残った。

彼を敵にまわしたら手強いかもと思ったものだ。そして、数カ月後。森塚翔太を通して、彼と対決する日が来るとは思わなかった。

これが法廷ならば、検察官と弁護人として顔を合わせるのだが、起訴前の取調べ段階なので、直接対決するということはない。

ただ、この前のように事件のことを聞きに来るだけだ。

しかし、森塚翔太に接していると、その背後に鶴見弁護士がいるのを感じ、神経が高ぶるのだった。

3

逮捕から一週間経った。

取調べ中ということで三十分ほど待たされて、ようやく、京介は森塚翔太と接見出来た。

森塚は透明な仕切りの向こうの椅子に疲れたように腰を下ろした。

「だいじょうぶですか」

「まあ、なんとか」

森塚は力のない声で答える。

「幾つか確かめたいことがあります」

京介は切り出した。

「あなたは、宇田川洋一さんが東日本大震災の罹災者だと知っていましたか」

「知りません。検事にもきかれたけど」

「検事さんがきいたのですか」

「ええ、女川町に住んでいたことを知っているかとね。知りませんよ」

「ほんとうに?」

「いやだな。俺は女川町に行ったことはないですよ」

微かに目が泳いだような気がしたが、嘘《うそ》をついた後ろめたさかどうかはわからない。

「先生。あのひとが東日本大震災の罹災者だとしたら、何だっていうんですか」

「宇田川さんがあなたを目の敵にしていたという理由を考えたのです。たとえば、あなたが宇田川さんの怒りを買うようなことをうっかり口にしたとか」

「怒りを買うようなことってなんですか」

「いや、私の思い過ごしでした」

「何を考えたのか、教えてもらえませんか」

森塚は不安そうな目を向ける。

「宇田川さんは津波の被害で奥さんとお子さんを亡くされたそうです。そんな宇田川さんに心ない言葉を投げかけたのではないかと。たとえば、ドアの開閉の音がうるさいと苦情を受けたとき、あんたも早く奥さんと子どものところに行けばいいとか」

「それで、宇田川さんが俺を目の敵にしたっていうんですか。いや、俺は何も怒らすようなことは言ってませんよ」

「自分では気づかないうちに傷つける言葉を言っているかもしれません。もし、そうだとしたら、宇田川さんがあなたを殺そうとして包丁を突き付けたという説明がつきます」

もっとも、そうだとしても、それで宇田川洋一が森塚に殺意を持ったという証拠にはならないが、可能性は出てくる。

「だめです。俺は何も言っていない」

「あなたは、宇田川さんと以前にどこかで会ったことはありませんか」

「ありませんよ。あったら、どうだっていうんですか」

「宇田川さんが引っ越してきたアパートの隣にあなたが住んでいた。宇田川さんはかつての恨みを思いだし、あなたをののしり、あげく殺そうとした……」

森塚は眉根を寄せた。何か気がついたのか。森塚は溜め息をついた。

「何か思い当たることは？」

「いえ、思い違いでした。宇田川さんは女川町に住んでいたんでしょう。俺はずっと東京ですから。会うはずはありません」

「そうですか」

「ただ……」

森塚が思い詰めた顔で、

「もし、あのひとが誰かに頼まれて俺を殺そうとしたのだとしたら」

「何か心当たりが？」

「いえ、そんなはずはない」

森塚はあわてて首を横に振った。

宇田川洋一がはじめから森塚翔太を殺す気ならいつでも出来たはずだ。なにも隣人とのトラブルを装う必要はない。

ただ、動機を隠す必要があったのだとしたら……。いや、考えすぎだ。もし、宇田川が森塚を殺すつもりなら、なにも森塚の隣の部屋に引っ越してくる必要はない。それこそ、姿を見せず、暗がりで襲えば犯行は可能だ。

通り魔の犯行に見せかければ、自分に捜査の手が及ぶ可能性は少ない。それとも、そうしなければならない何かがあったのだろうか。

単純な隣人同士のトラブルなのか、もっと深い事情が隠されているのか。森塚は、自ら包丁をもって宇田川のほうが襲ってきたと言っている。

森塚の言葉は真実か偽りか。

「先生」

森塚が不安そうに口を開いた。

「なんですか」

「じつは俺、一年前に女のことで警察沙汰に」

「警察沙汰？」

「付き合っている女がいたんです。でも、俺の前から逃げ出した。俺はさんざん探し回り、葛飾《かつしか》区亀有にいるのを見つけたんです。それで、縒りを戻すように迫りました。でも、拒むので刃物で脅したんです」

「刃物で脅した？」

「ええ、ほんとうに脅しです。脅せば、言うことを聞いてくれると思って」

森塚は俯いた。

「警察がやってきて、何日間か留置されました。二度と、彼女に近づかないようにと。この話を、取調べで検事が持ちだしたんです。だから、今回も脅しをかけようとしたが、失敗したのではないかと、検事は決めつけた」

「その後、その女性とは？」

「もう会っていません」

「ほんとうに会ってませんか」

「ほんとうです」

「女性の名前は？」

「藤木利香です。一年ほど、いっしょに住んでいました」

「藤木利香さんとはどこで知り合ったのですか」

「行きつけのスナックでバイトをしていたんです。客として通ううちに親しくなって」

「同棲《どうせい》をはじめたのはいつですか」

「三年半ぐらい前からです。ちょうど東日本大震災があったあとで、何かあったらひとりだと心細いという話をしていて……」

「それで、いっしょに住みはじめた？」

「そうです」

「それなのに、どうして別れたのですか」

「わかりません。ただ、彼女は俺の暴力のせいだと言ったようですが、俺は暴力などふるってません」

「暴力？」

「違いますよ。彼女が勝手に言っているだけだ。ほんとだ」

「わかりました。今、藤木利香さんがどこにいるかご存じですか」

「知りません。もう近づくなと言われているし」

また、目が泳いだような気がした。嘘をつくときの癖なのかどうかは、まだわからない。だが、森塚はすべてを正直に話していないようだ。

「このこと、なぜ、いま話を？」

「きのう、検事から言われたから。警察は古いことまで調べて、俺を犯人に仕立てようとしている」

「あと他に何かきかれましたか」

「去年の十一月に、渋谷の居酒屋をやめたんです。ほんとうは、やめさせられたんです」

「どうしてですか」

「仕事中に携帯を使っていたのを、店長が怒って」

森塚は目の前の台を激しく叩《たた》いて、

「古い話を持ち出して、あの検事は俺を人殺しにしようとしているんだ」

と、叫んだ。

「落ち着いてください」

京介は声をかける。

「すみません」

森塚ははっとしたように小さくなった。

巡査が顔を覗《のぞ》かせた。

「すみません。なんでもありません」

京介は謝った。

「森塚さん。宇田川さんとのこと、もう一度考えてみてください。以前にどこかで会ったことがないか」

「ありませんよ」

「あなたは渋谷の居酒屋で働いていたんですね。そのとき、宇田川さんが客で来たことはありませんか。そのとき、何かトラブルになったとか」

「店で……」

森塚は目を細め、記憶をたぐっている。

だが、首を横に振った。

「記憶にありません」

森塚は否定してから、

「以前に会っていたとしても、忘れているんです。大したことはなかったんですよ」

「いいえ、あなたにとっては大したことではなくても、宇田川さんにとっては傷つくようなことだった……」

京介は続ける。

「たまたま引っ越し先の隣にあなたが住んでいるのを知って、怒りが込み上げてきた。そして、何度も口論を繰り返してきて、とうとう殺意が芽生えた」

京介は自分で話しながらも、肝心な点で説明がつかないと思った。それは、包丁だ。なぜ、森塚の家にあった包丁で襲おうとしたのか。それより、なぜ、包丁を凶器に選んだのか。

「そうかもしれませんね。いえ、そうとしか考えられない。俺はどこかで宇田川洋一と出会って、何か傷つけるようなことを言っていたのかもしれません」

森塚は頷く。

「しかし、そのことが思いだせなければどうしようもありません。よく考えて、思いだしてください」

「わかりました」

森塚の口元が少し綻んだことが気になった。

接見室を出てから、京介は高木警部補への面会を申し込んだ。

しばらく待たされて、高木が衝立で仕切られた応接室にやってきた。

「お忙しいところを申し訳ありません。森塚が一年前にストーカー行為で捕まったことがあったそうですが、そのことでお話を……」

「いいでしょう」

高木は鷹揚《おうよう》に言い、

「森塚は藤木利香という女性と一年ほど同棲をしていました。ですが、森塚のDVがひどく、藤木利香は森塚から逃げ出した。彼女は何度か住居を変えています。その都度、森塚は突き止めてきたそうです。八王子から葛飾区亀有に移ったあとも、森塚はそこを突き止め、つきまといはじめた。そして、復縁を迫り、刃物を持って藤木利香のアパートの部屋に押しかけて騒いでいたところを駆けつけた警察官によって逮捕されたというわけです。これが一年前のことです」

「森塚はDVを？」

京介は顔をしかめた。

「そうです。同棲しているときも何度か警察騒ぎになったそうです。一年前に警察に捕まって、彼女への接近を禁じられたあとも、森塚は性懲りもなくストーカーを繰り返しています」

「ほんとうですか」

「そうです。去年の十一月、メールを何度も彼女に送っていました」

「去年の十一月？　居酒屋をやめさせられた原因が仕事中に携帯をいじっていたというものでしたが」

「彼女に送っていたメールですよ」

「そうですか」

森塚はそのことは京介に言わなかった。彼女とは会っていないと言ったが、会えないだけで、居所は知っていたのか。

「藤木利香さんの居所はわかりますか」

「今、探しています。いずれ見つかるでしょう」

「わかったら教えてくださいませんか」

「今回の事件とは直接関係がないのでは？」

「念のためです。でも、警察はどうして彼女を探そうとしているのですか」

「こっちも念のためですよ」

高木はいたずらっぽく笑ってから、

「わかったら教えますよ。じゃあ、いいですか」

と、もう腰を浮かしていた。


京介は虎ノ門にある柏田四郎法律事務所に戻った。

自分の部屋に入り、椅子に腰を下ろした。とたんにマナーモードにしてある携帯が振動した。

相田耕平からのメールだった。仕事の合間に電話をしてくれというものだった。

京介はすぐに電話をした。

「その節は、どうもありがとう」

相田が言う。結婚披露宴のことだ。

「仲よくやっているかい?」

京介は新婚生活を訊ねる。

「ああ、そのうち、時間を見つけて遊びに来てくれ」

「わかった。今日はなんだ」

「河島美里さんを覚えているか」

心臓がドキドキと早く打った。

「お、覚えている」

披露宴のテーブルで隣同士になり、話が弾んだものの連絡先をきけなかった女性だ。相田にも相談出来ずにいた。

「河島美里さん、来週の水曜日に東京に行くらしい。もし、その日の夜、時間が空いていたら、いっしょに食事をしたらどうかと思ってな。彼女の携帯の番号を教えるから」

「あっ、待ってくれ」

京介はあわててメモ用紙とボールペンを手にした。

「どうぞ」

電話番号を控えてから、

「でも、彼女は予定があるんじゃないのか」

と、京介は用心深くきいた。

「いや、彼女もその気らしい。じつは、河島美里さんからうちの妻に、君に連絡をとってくれと電話があったんだ」

「わかった」

思わず、声が弾んだ。

気に入った女性に会えるとは、思いがけぬ朗報だった。

夕方になって、教えられた携帯の番号に電話をする。

「もしもし、河島です」

耳に心地よい声が響いた。

「鶴見です。お久し振りです」

「披露宴のときはありがとうございました」

「こちらこそ」

声が上擦《うわず》っているのが自分でもわかる。

「来週の水曜日、東京にいらっしゃるそうですね。泊まりはどこですか」

「お茶ノ水です」

「そうですか」

それからあがってしまい、どんな話をしたのか覚えていない。ただ、どんなものが食べたいかをきき、六時にホテルのフロントに行くと言ったことだけは覚えている。

その日、京介は気力が充実し、遅くまで事務所に残って仕事をした。

4

森塚翔太が押送の巡査に連れられて、皆川雅也の机の前にやって来た。

手錠と腰縄を外されて、森塚は軽く両手を動かした。余裕を見せているのか。

警察での取調べで、森塚は思いだしたことがあると言い出した。

「警察の取調べで、思いだしたことを話したそうだが、もう一度披露してもらえないか」

皆川は促す。

「ええ。どうして、宇田川さんが俺を殺したいほど憎んでいたのか思いだしました。宇田川さん、俺が働いていた渋谷の居酒屋にやって来たんですよ」

「ひとりで？」

「連れがいたような気もしますが、はっきり覚えていません。そこで酎ハイを出したとき宇田川さんの膝にこぼれて。それで文句を言い出したんです。そのときはそれで済んだのですが、あとで酔っぱらって絡んできたのです。おまえは東日本大震災の復興のために義援金を出したかときかれ、出していませんと答えたら、また怒りだしたんです。こっちも腹が立って、被害者面するな。補償金をもらって酒を呑《の》んでいるくせにと、言い返したんです。あのひとは何も言わずに俺を睨んでいました」

「ずいぶん詳しく思いだしたね」

皆川は睨みつけるように見て、

「今まで、まったく思いだせなかったのに、どうして急に思いだしたんだね」

「ずっと考えていたんですよ。留置場で考える時間はたくさんありますから」

森塚は平然と言う。

「入れ知恵されたのでは？」

「入れ知恵？　誰にですか」

「弁護士です。違いますか」

「違いますよ。何か忘れていないかときかれましたけど、なんの入れ知恵もされてません。思いだしたんですよ」

「その思いだしたことだが、誰か証人はいますか。あなたと宇田川さんのやりとりを見ていたひとは？」

「いません」

「しかし、それほどの騒ぎなら店長や他の店員も気がつくのではないですか」

「客が立て込んでいて忙しかったですからね」

「その日にちは？」

「覚えていません。十一月ごろだったと思いますけど」

「あなたが警察でこの話をしたのがきのうだ。警察はすぐに裏をとりにいった。店長は、そんなことがあればすぐわかると言っていた。何か勘違いをしているのではないですか」

「勘違いじゃありませんよ」

「そのとき、名前をきいたのですか」

「いえ、聞いていません」

「でも、隣に引っ越してきた宇田川さんに会っても、そのことは思いださなかった。どうしてでしょうね」

「顔だってよく覚えていません」

「では、居酒屋でそのような出来事があったとしましょう。そして、顔も忘れていた。だが、宇田川さんのほうは覚えていたというわけですか」

「そうです」

「では、宇田川さんはあなたにそのことを言わなかったんですか。居酒屋でのことを覚えていないのかと、言わなかったのですか」

「言いません。ただ、俺のことを嫌っていた」

「妙ですね。なぜ、宇田川さんはそのことをあなたに言わなかったのでしょうか」

「たぶん、最初は俺のことを思いださなかったんだと思います。でも、やっと思いだしてかっとなったので俺を殺そうとしたのです」

「では､最初から毛嫌いをしていたのは､居酒屋での件が理由ではないということですね」

「そうです」

「あなたはさっきは、宇田川さんは最初からあなたのことに気づいていたと言いませんでしたか」

「いえ、違います」

「まあ、いいでしょう。つまり、こういうことですね。宇田川さんは最初からあなたを嫌悪して、何度も口論となっていた。そのうちに、居酒屋のことを思いだし、あなたに殺意を持った」

「そうです」

「でも、思いだしたら、あなたに居酒屋でのことは言うんじゃないですか。あのとき、よくもこんなことを言ったなとか」

「何か喚《わめ》いていましたけど、よく聞き取れませんでした」

「何か喚いていたんですか」

「そうです」

「ずっと忘れていたのに、どうして今になって思いだしたのでしょうか」

「だから、ずっと考えていたんです」

「で、思いだしたのですね」

「そうです。そう考えれば、いちいちあのひとがつっかかってきた理由がわかります」

「待ってください。いちいちあのひとがつっかかってきたというのは変ですね。宇田川さんが居酒屋でのことを思いだしたのは、あなたを襲う直前でしょう。最初のころは違う理由だったのではありませんか」

「そうです」

「いいですか。居酒屋で、あなたが言うような揉め事があったことは誰も知らないんですよ。宇田川さんがその居酒屋に行ったという証拠もない。あなたの言葉をどうやって証明するのですか」

「そんなこと、知らない。ただ、ほんとうのことを話しているだけだ」

「前にもききましたが、宇田川さんがあなたを殺そうとして、どうしてあなたの包丁を使ったのですか。どうして、宇田川さんがあなたの包丁を持っていたのですか」

「俺がゴミ出しをして部屋を空けた留守に、忍び込んで包丁を盗《と》ったんです」

「ですから、なんのために？」

「俺を殺すためです」

「だったら、自分の包丁を使えばいい。なぜ、あなたの包丁だったのか。それから、腕力に勝る宇田川さんが襲ってきたのを、非力なあなたが包丁を奪い取って反対に刺したというのも不自然です」

「ほんとうのことだ」

「やはり、包丁はあなたが自分の部屋から持って出てきたんです。そして、宇田川さんを刺した。違いますか」

「違う。俺にはあのひとを殺す動機がない」

「隣人同士で憎しみ合っていたばかりでなく、揉み合いになっていつもやられていた。

その憎しみから殺したんじゃないのか」

最後は、皆川は激しく言った。

「違う。向こうが俺を殺そうとしたんだ。正当防衛だ」

森塚は悲鳴を上げるように叫んだ。

押送の巡査があわてて駆け寄り、森塚を押さえつけた。

森塚の興奮が治まってから、皆川はきいた。

「あなたは東日本大震災のあと、東北に行きましたか」

「行きません」

「ボランティアは？」

「ボランティア……」

何かに思いを奪われたように、一瞬、森塚は眉根を寄せた。

「そんなこと、していません」

あわてて、森塚は否定した。

宇田川洋一と森塚翔太は罹災者とボランティアという関係で、かつて接触があったのではないかと考えたが、森塚のような男がボランティアに参加するとは思えない。

やはり、この考えは間違っていたようだ。

すると、隣人同士の単純な揉め事の末に起きた事件だろうか。ほんとうに、そうだろうか。

なんとなく、鶴見弁護士が気になる。

公判部の郷田検事は、鶴見弁護士を高く評価していた。

「まず、依頼人のどんな言い分をも受け入れて、それを元にすべてを考えていくのだろう。そこに矛盾が生じたら、そのことを徹底的に追及する。その追及の仕方が半端ではない。少しでも気になることがあれば徹底的に調べる。真実の追及のためには手を抜くことをしない。国選弁護においてもそうだ。だから、いつでも持ち出しになっているのではないか」

郷田検事は四十六歳。今時珍しく髪はオールバックで、ストライプの入った濃紺のスーツで身を包んでいる。有能な検事だ。その郷田が評価する鶴見弁護士との対決だ。

少しでも気になることがあれば徹底的に調べる。その言葉が気になっている。たくさんの事件を抱えていると、どうしても流れ作業にならざるを得ないこともある。あるところで妥協して取調べも終えてしまう。

鶴見のことを意識しているので、どうしても森塚に対して慎重になる。もし、相手が鶴見でなければ、隣人同士のトラブルが招いた偶発的な殺人事件として、すぐに森塚を起訴する方向にもって行っただろう。

最初からふたりがいがみ合っていたというのは、ふたりは以前から知り合いだったからではないのか。

隣人同士のトラブルが招いた殺人事件という前提に立てば、宇田川があのアパートに引っ越してきた理由はさして重要ではない。しかし、ふたりが以前から知り合いだったとしたら、見方は変わってくる。

その後、鶴見から接触はない。そのことも気になる。

皆川は名刺入れを取り出した。相田耕平の結婚式の二次会で、鶴見と名刺を交換した。その名刺を取り出し、思い切って、皆川は電話した。


その夜、新橋にある小料理屋に行くと、すでにテーブル席に鶴見が待っていた。

鶴見は立ち上がって皆川を迎えた。

「申し訳ない。急に誘って」

「いえ。先日はありがとうございました。職場以外でお会い出来てうれしいです」

鶴見が如才なく言う。だが、皆川は警戒した。今の事件に関係して呼び出したことを見抜いているはずだからだ。

「すぐわかった？　路地裏だからわかりづらかったんじゃないかな」

皆川がおしぼりを使いながらきく。

「いえ、すぐわかりました」

「ここには役所の人間は来ない。俺が学生時代の友人と来るだけだから、何の気兼ねもいらない」

「はい」

鶴見は安心したように笑った。

「皆川さん、いらっしゃい」

割烹着《かつぽうぎ》姿の女将《おかみ》がお通しを持ってきた。

「女将。弁護士の鶴見先生だ。俺の好敵手」

「まあ。じゃあ、相当に腕利きの弁護士さんね」

四十代だと思えるが、色っぽい女将が美しい口元に笑みを浮かべた。

「そうだ。俺の役所の先輩も、顔を見るのもいやだと言っている」

「そんなことありません。まだ、新米です」

鶴見はあわてて言う。

「謙遜することはないよ」

皆川は半ば本気で言った。

「素敵な先生ね。どうぞ、ごゆっくり」

鶴見は照れている。そんな姿からは、法廷で郷田検事を圧倒する迫力を見せることなど、想像も出来ない。

「その後、相田くんから連絡は?」

注文したビールが届き、軽く乾杯の真似事をし、一口呑んでから、皆川はきいた。

「一度、電話で」

「そう。神戸の三次会には君は参加しなかったんだよね」

「ええ、次の日は早く、東京に帰らなければならなかったので」

「俺も同じさ。ほとんど寝ないで次の日は役所に顔を出した。もちろん、仕事には支障はなかったけどね」

「そうだったんですか」

「君も三次会に参加すればよかったんだ。新婦の友達と合流し、カラオケをして楽しかったな。なかなか、可愛い子もいた。そうそう、披露宴のとき、君の隣にいた女性、なんという名だっけ」

「えっと」

「彼女はなかなかいい。俺が独身だったら、絶対にアタックしていたな。彼女の携帯の番号きいたんだろう?」

「ええ、まあ。でも、あのときは……」

しどろもどろになっている鶴見を見て、皆川は笑った。

「まあ、頑張れ」

「そういうわけでは」

「いいじゃないか。さあ、呑もう」

皆川はビール瓶を摑んだ。

「でも、まさか、さっそく君といっしょになるとは思いもしなかったよ」

「はい。私もです」

「起訴前の弁護は、弁護士としてどうなの？」

「どうと仰《おっしゃ》いますと？」

「やはり弁護士の醍醐味《だいごみ》は、法廷で逆転無罪を勝ち取ることじゃないのかな」

「いえ、そんなことは思っていません」

「そうかな。法廷で活躍したほうが世間の注目を集めやすいだろう。起訴前の弁護で、不起訴に持っていくより、裁判で無罪を勝ち取るほうが華やかだし、いい宣伝になるのではないかと思うけど」

「そんなつもりで、弁護士をやっているわけではありませんから」

鶴見は青臭い青年のような顔をした。

「それはそうと、森塚翔太はどうして私選で弁護士を雇ったのだ？　被疑者段階でも国選弁護人がつけられるという説明を受けたろうに」

「彼は国選弁護を誤解していました」

「誤解？」

「はい。国選弁護人はちゃんと弁護をしてくれないんじゃないかと」

「そういう面は否定出来ないだろう。特に、起訴前の弁護は適当にやってお茶を濁す国選弁護人が多いんじゃないのか」

「そんなことはありません」

鶴見はむきになって否定した。

「しかし、国選弁護人の報酬は安い。それなのに、ひとりの被疑者のために調査の時間を注ぎ込んでいては赤字だろう。そのことに時間をとられたら、他の弁護の依頼を制限しなければならない。商売としては厳しいな」

「はい。確かに、足が出ることが多いです。でも、真実を明らかにするためですから、仕方ありません」

青いなと、皆川は内心では軽く見ていたが、一方で、胸に熱く感じるものがあった。

犯罪は毎日次々と起こっている。その一つ一つの処理に時間をかけていたら、事件の処理が追いつかない。

もちろん、警察から送致されてきた事件をふるいにかけ、重要なものとそうでないものにわけて取調べの態度を決める。そういう選別の目が必要だ。

それで、森塚翔太の事件は単なる隣人同士の諍《いさか》いの末の殺人と判断した。森塚が否認をしていることは問題だが、高木警部補の言うようにいずれ落ちる。そう、皆川も判断した。弁護側のほうも当然、ひとりの弁護にそれほどの時間がかけられない。私選ならともかく、国選ならばなおさらだ。

そこで、検察側、弁護側にとってバランスが保たれている。ほとんどの事件はそれで問題はなかった。仮にあったとして、被疑者あるいは被害者側に不利益が生じても無視出来る程度だ。

建前ではどんなに正義と真実を謳《うた》っていても、本音《ほんね》では流れ作業をこなしているだけだと思っている。

そして、森塚翔太の件も、その流れ作業の一環に過ぎないはずだった。だが、鶴見が弁護人になったことで、皆川は戸惑いを覚えたのだ。

「俺にはわからないことがある」

「なんでしょうか」

「森塚が私選で弁護人を選んだことだ。なんとしても無罪を勝ち取りたいという気持ちの現われなのだろうが、報酬だって高い」

「…………」

「こう言っちゃなんだが、森塚はそんなに金を持っていない。それなのに、被疑者段階から私選弁護人だ」

「それほど、自分は無実で、正当防衛だと思っているからかも」

「逆の場合もある。無実でないから、有能な弁護士を雇おうとしたと」

皆川はふと口調を変えた。

「君はどう思っているんだ？」

「えっ、何がですか」

鶴見はきき返す。

「森塚翔太のことだよ」

客で埋まり、適度な喧騒があって話し声が聞こえる心配はないが、皆川はやや前のめりになって声をひそめ、

「単純な隣人同士の諍いの末か、裏に何かあるのか」

と言い、鶴見の顔を見つめた。

「まだ、なんとも言えません。でも、隣人同士の諍いとしては、どこか不自然なところがあるのです」

「たとえば？」

「…………」

「そっちの手の内を探ろうとしているんじゃないさ。もし、こっちが気がつかないことがあったら、こっちでも早急に調べ、真相の究明に役立てたいだけだ。誤った起訴はし

たくないからね」

「はい」

「それに、ふたりがこんな話をしたことは、誰にも知られる心配はない」

「ええ」

鶴見は困惑した顔をしている。

「どうなんだ？」

「わかりました」

意を決したように、鶴見は厳しい顔つきになった。

「やはり、凶器の包丁の件が引っかかるのです。なぜ、凶器が森塚翔太の家の包丁だったのか。単純に考えれば、かっとなった森塚が包丁を持って宇田川洋一に襲いかかったというように思えます」

「うむ」

「では、どうして森塚は、宇田川が自分を殺そうとしたと説明したのでしょうか」

皆川は自分の意見を言うのを控えた。

「あとでとってつけた言い訳でしょうか。それにしては、へたな言い訳ではないかと思うんです。ふつうなら、ただ脅すためで殺すつもりはなかった。向こうが殴りかかってきたんで思わず刺してしまったという言い訳のほうが自然ではないかと」

「じゃあ君は、森塚の言い分を信じるのか。宇田川が包丁を持って襲ったと？」

「いえ、宇田川さんが森塚さんを殺そうとしたことも腑《ふ》に落ちません。それに、森塚さんの包丁を使ったことも妙です。この事件には引っかかる点が幾つかある。それは、つまり、我々が事件全容をまだ理解していないからではないでしょうか」

「……………」

「弁護人の私にも、森塚翔太は何かを隠しています。一方の当事者である宇田川さんは死亡し、森塚だけの言い分でしか事件が語られていない……」

鶴見は息継ぎをし、

「森塚翔太は一年前にストーカー行為で警察沙汰になっているそうですね。また、宇田川さんは東日本大震災の罹災者で、津波で奥さんとお子さんを亡くした。こういうふたりの境遇が事件に関係していないか……」

間《ま》を置いて、鶴見は続けた。

「宇田川さんは家族を亡くし、生きる気力を失っていた。やっと、再び歩みはじめた矢先でした。そんな宇田川さんがなぜ、森塚に対して嫌悪を抱いていたのか」

「確かに、君の言うとおりだ。しかし、事件を深く掘り下げて調べても、森塚が宇田川を殺したという事実には変わりないかもしれない」

「それでも疑問があれば調べるべきではありませんか。私たちは真実を知らねばならないのです」

「真実は神のみぞ知るだ。真実は誰にもわからないのではないか」

「そうかもしれません。でも、それは調べ尽くしたあとの真実です。いまは、まだ何もわかっていないと同じです」

「ひとつ確かめたいことがある」

皆川はビールグラスを置いて、

「森塚はこんなことを言い出した。宇田川は渋谷の居酒屋にやって来た。酎ハイを出したとき宇田川の膝にこぼれたことで文句を言われ、その後、酔っぱらって絡んできて、おまえは東日本大震災の復興のために義援金を出したかときかれ、出していませんと答えたら、また怒った。それで、森塚も腹が立って、被害者面するな。補償金をもらって酒を呑んでいるくせにと、言い返したそうだ」

「ほんとうですか」

鶴見は呆《あき》れ返ったような顔をした。

「君がそう言わせたのではないか」

「いえ、宇田川さんに何か恨まれるような真似をしなかったか、よく思いだすようにと言っただけです」

「そうか。それで、そんな作り話を……」

「私にはまだ話していません」

「居酒屋の店長に確かめたら、そんな出来事はなかったそうだ。宇田川洋一らしい客にも心当たりはないという。第一、いつのことか日にちもはっきりせず、森塚の話はあやふやだ」

「明日、確かめてみます」

鶴見は沈んだ声で答えた。裏切られたような思いなのだろうか。

「君は最初に、会えてうれしいと言ったな。俺に何かききたいことがあるのではないのか」

「頼みです」

「頼み？」

「森塚が一時同棲していた藤木利香に会いたいのです。彼女に対してストーカーをしていたそうですね。彼女から、話をききたいのです。高木警部補に居場所がわかったら教えていただきたいと頼んであるのですが……」

「わかった。教えよう」

皆川は答えてから、

「それから、今、宇田川洋一について調べさせている。女川町でどんな暮らしをしていたのか、震災後、あのアパートに移り住むまでどのような経緯があったのか。そのこともわかったら、教えるよ」

「ありがとうございます」

鶴見はうれしそうに白い歯を見せた。無邪気な笑顔だ。

なぜ、俺は鶴見を助けるような約束をしたのだろうと、皆川は自分でも不思議に思った。

5

翌日、京介は警察署の接見室で、森塚翔太と接見した。

「君は、居酒屋で、宇田川さんと揉めたことを思いだしたそうですね。それを、取調べで訴えた？」

「そうです」

「どうして思いだしたことを私に話してくれなかったのですか」

「だって、先生はきのう私に会いに来てくれなかったではありませんか」

「刑事さんを通して連絡をしてくれれば、すぐに駆けつけました」

「すみません」

森塚は頭を下げた。

「それはほんとうのことですか」

「ほんとうですよ」

「その話を私にもしてください」

「いいですよ」

森塚はにやりと笑い、

「去年の十一月ごろ、私が働いている居酒屋に宇田川洋一がやって来たんですよ。注文の酎ハイを出したとき宇田川の膝にこぼれてしまった。そしたら、俺に文句を言いやがった。その後、酔っぱらってくると、いちいち俺に絡んできた。そして、おまえは東日本大震災の復興のために義援金を出したかときいた。出していませんと答えたら、また怒りだした。それで、俺も腹が立って、被害者面するな。補償金をもらって酒を呑んでいるくせにと、言い返したんですよ。あのひとは俺を睨みつけていた」

「その客が宇田川さんだという証拠はありますか」

「確かに宇田川さんでした。思いだしましたから」

「でも、最近まで思いだせなかったのでしょう。そのときのお客だと間違いなく言えますか」

「先生は私の言葉を疑っているんですか」

森塚が不貞腐れたように言う。

「そうじゃありません。証拠がないと、信用されませんから」

「でも、事件の立証責任は警察や検察にあるんでしょう。それが事実と違うというなら、向こうが指摘する必要があるんじゃないですか」

「裁判になったらですよ。その前には、こっちが積極的に証拠を示して……」

「証拠はないんです。でも、事実です」

「宇田川洋一さんは女川町に住んでいたんですよ」

「何度も東京に出て来ていたんじゃないですか」

「もし、一歩も女川町から出ていないとわかったら、どうするんです」

「…………」

「再会して、お互いが一カ月以上も思いだせなかったというのも不自然です。なぜ、そんなことを言ったのですか」

「そうか。あのひとがアパートに引っ越してきたあとで、揉めたことにすればよかったんだ。やっぱり、先生に相談すればよかった」

「森塚さん」

「あとで、記憶違いだったと訂正しておきます。俺が補償金云々と言ってあの人を怒らせたのはアパートの廊下で会ったときでした」

森塚はにやりと笑い、

「先生。これから、この線で弁護をしていただけますか」

「森塚さん。あなたは……」

「先生、誤解しないでくださいよ。やっと何もかも思いだしたんですよ。いま、話したことが真実です。ほんとうに、私はあの男に殺されかかったんですから」

「凶器の包丁の件はどう説明するのですか。どうして、宇田川洋一はあなたの家の包丁を凶器にしたのですか」

「わかりません」

森塚は顔を突き出し、

「そのことは先生が考えてくださいよ」

と、にやりと笑った。

京介は唖然《あぜん》として森塚の青白い顔を見ていた。


数日後の夜、京介は河島美里と妻恋坂の途中にある家庭的なフランス料理の店にいた。二階に数卓あるだけの小さな店だが、本場仕込みの亭主の絶品の味が評判の店で、美里も気に入ったようで、京介は面目が保てたような気がした。

ワイングラスを持つ指が細くきれいだ。美里は丸顔で大きな目が印象的だ。常に口元に笑みを浮かべているような明るさが魅力的だった。

「東京にはどんな御用で？」

彼女がどんな仕事をしているのかは知らなかった。

「勤めているヘアーメイクサロンの先生が今度東京のホテルでショーを開くので、そのお供なんです。先生は今夜はパーティに。私は出席しなくていいので」

美里は肩を竦《すく》めて笑った。

美里はヘアーメイクアーティストを目指しているという。演劇や映像、イベントなどの出演者のヘアメイクをする仕事らしい。

今は三宮にあるヘアメイクサロンで働いているが、チャンスがあれば、東京に出たいと言った。

「鶴見さんは札幌《さっぽろ》ですって」

「ええ、高校までいました」

「北国ってロマンチックですね」

美里は憧れるような目をした。

「雪も生活をするにはたいへんですよ。でも、冬に札幌に帰って雪を見るとほっとするんです。やっぱり、子どもの頃から雪とともに暮らしてきたから雪には特別な思い入れがあるんでしょうね」

「素敵だな」

美里はワイングラスに手を伸ばした。

「河島さんは生まれは神戸ですか」

「西宮です」

「じゃあ、あの地震では？」

「私は七歳でした。私の家族は無事でしたけど、家は壊れました。神戸の町が炎に包まれていたのを覚えています」

美里は微かに体を震わせた。阪神淡路大震災から今年の一月十七日で二十年経つ。だが、あのときの恐怖は忘れられないに違いない。

「怖かったでしょうね」

「ええ、体が宙に浮いて畳に叩きつけられました」

「たいへんだったんですね」

京介は痛ましげに言う。

「私の祖母の家が大阪にあったので、しばらくそこに避難して、三年後に家を建てて元の場所に戻りました。でも、そのまま引っ越してしまった友達もいて、それきりになってしまいました」

「地震は友人も引き離してしまうんですね。でも、生きていてよかった」

京介は犠牲者の名が刻印されたプレートが壁に貼ってある場所に行ってきた話をして、

「あんなにたくさんの方が亡くなるなんてやりきれませんね」

と、しんみり言う。

「今でも地震があると、心臓が止まりそうになります」

「つらい記憶を思いださせてしまい、すみません」

「いえ。でも、私は身内に犠牲者がいなかったのでまだ仕合わせです。家族を亡くしたら忘れようにも忘れられません」

「そうでしょうね」

肉料理が運ばれてきた。ロースの炭火焼きだ。

「おいしそう」

美里が目を細めて言う。

「そうそう、披露宴のとき、朝早く東京を発って赤穂に行って来たと仰ってましたね」

「そんな話をしましたっけ」

「ええ、していました。とても楽しそうに」

「そうでしたか」

「あれから、私も興味を持って調べてみたんですよ。レンタルショップで、ＤＶＤも借りました」

「そうですか。で、どうでしたか」

「それなりに面白かったですけど、私にはよくわかりませんでした」

「よくわからない？」

「なんで、あんなに苦労をして吉良上野介を討たねばならなかったんでしょうか。大石内蔵助さんも奥さんや子どもたちを犠牲にしてまで仇討《あだう》ちに突き進む。他の四十六士も、周囲のひとに迷惑をかけているじゃないですか。だって、浅野の殿様の短慮から御家《おいえ》が潰れてしまったのでしょう。浅野の殿様のせいで、みんなが路頭に迷ったことを考えると、どうしてあんな苦労をして仇討ちなんか」

「吉良上野介はそこまで浅野内匠頭を追い込んだんですよ。だから、主君の無念を思い……」

うふっと、美里は小さな口に手を当てて笑った。

「やっぱり、鶴見さんは赤穂義士が好きなんですね」

「ええ。すみません、つい夢中になって。あなたに赤穂義士のことを好きになってもらおうと思って」

「だいじょうぶですよ。好きになると思います。そうだ、いつか、もう一度、赤穂に行くことがあったら、私も連れていってくださいませんか。行ってみたいです」

「ほんとうですか。わかりました。案内します」

京介は弾んだ声で答えた。

久し振りに楽しい夜を過ごし、京介は満ち足りた気持ちになっていた。

第二章　震災の罹災者

1

森塚の逮捕から十日目。最初の勾留期限が迫っていた。

森塚は逮捕から二日目に検察庁に身柄送検された。皆川は勾留手続きをとった。被疑者を勾留するには裁判官に勾留を認めてもらわねばならない。

皆川は勾留請求書を東京地裁に提出し、森塚は裁判官の勾留質問を受けて十日間の勾留が決定した。

その十日があっという間に経とうとしている。だが、森塚の取調べは終了していない。新たに勾留請求をしなければならない。さらに十日間の勾留は認められるだろうが、その期限が来たら、それ以上の勾留は認められない。

その時点では処分を決定しなければならない。起訴することは間違いないが、起訴事実が問題だ。

皆川は立会い事務官の正田がいれてくれたコーヒーを飲みながら、高木警部補の報告を反芻《はんすう》した。

高木はさっき引き上げたばかりだ。森塚翔太はまた思いだしたと言い、以前の供述を修正したらしい。

森塚の新しい供述はこういうものだった。


宇田川と顔を合わせるうちに、宇田川に東日本大震災で寄付をしたかときかれて、していないと答えると、非国民だとののしられた。だから、補償金で遊んで暮らしているくせにえらそうなことを言うな。そんな人間より俺のほうがましだと言ってやった。そのことを根《ね》に持っていた。だから、顔を合わせるたびに因縁をつけ、何かとつっかかってきた。俺が相手にしないでいると、いきなり殴りかかるようになり、最後は包丁で俺を殺そうとした。必死になって揉み合ううちに、包丁を奪っていた。はっと我に返ったとき、相手が倒れていた……。


ふざけた奴だと、皆川は腹立たしい思いがした。と、同時に鶴見弁護士にも怒りが向いた。

鶴見は入れ知恵をしているわけではないだろうが、森塚は鶴見の発言を聞いて、自分なりに供述を変えているのだ。間接的には、鶴見が森塚を煽《あお》っているようなものだ。

　電話が鳴り、正田が受話器に手を伸ばした。

「はい。わかりました」

　受話器を置いて、

「木下恒吉《こうきち》さんが到着したそうです」

　しばらくして、木下恒吉がやって来た。浅黒い顔に深い皺《しわ》が刻まれていて、六十三歳よりもっと老けて見えた。震災以降のことが、木下の若さを奪ったのだろうか。

「御足労いただいてありがとうございます。さあ、どうぞ」

　皆川は椅子を勧めた。

「はい」

　木下恒吉はゆっくりとした動作で椅子に腰を下ろした。

「宇田川さんとはどのようなご関係でしたか」

　すでに警察の調べでわかっているが、皆川は確かめた。

「女川町の私の会社で働いていました」

「会社というのは？」

「海産物の製造卸です。そこで、荷物の運搬や製品の配達をしていました」

「今、その会社は？」

「津波で壊滅しました」

二〇一一年三月十一日午後二時四十六分、三陸沖を震源としたマグニチュード九・〇の地震が発生し、直後に巨大津波が東北地方の沿岸を襲った。

日本三景のひとつ松島をはじめ、石巻、女川町などの港を一気に破壊し、沿岸の町を壊滅させた。

「津波はひとも町もそっくり奪っていきました。建物の残骸と一面の瓦礫《がれき》だけが残っていました。その瓦礫の中を行方不明の身内を探すひとたちの姿があっちこっちに。その中に、宇田川さんもいました。奥さんとお子さんが津波に呑まれて……」

木下は大きく溜め息をつき、

「行方不明のひとを探し、また死んだ人間を仮埋葬することに追われ、明日のことなど考えられませんでした」

皆川も痛ましさに息苦しくなった。

「一年経ち、避難場所から仮設住宅に移り、いよいよ明日のことを考えなければならない時期になりました。でも、すべてを失った私にはもう会社を再建する金も気力もありませんでした」

木下は首を垂れた。

「被災された方の苦労や苦しみは、我々には本当は理解出来ないかもしれませんね。そうですか。それで会社の再建を諦めて、東京に？」

「はい。娘の嫁ぎ先に夫婦で世話になっています。でも、いつか女川町に戻りたいと思っています」

「宇田川さんも同じ時期に女川町を離れたのですか」

「私たちのあとに、大阪の堺市《さかいし》にいる叔父《おじ》さんのところに。しばらくそこに世話になるという電話をもらいました。私たちがいなくなって、寂しかったようです」

「ところが、今回東京にやって来たのは、新しく仕事を求めてですね」

「そうです。ようやく、やり直す気力が湧いてきたと喜んでいたのですが、こんなことになって」

「東京に住む前、宇田川さんはあなたのところにしばらく滞在したそうですね」

皆川は確かめた。

「はい。去年の十二月の半ばにやって来て、次の住いが見つかるまで世話になりたいと言いましてね」

「どうして、あなたのところに？」

「仕事では社長と従業員という関係でしたが、彼は私を兄のように頼っていました。彼の結婚の仲人も私がしました。家族を失って生きる気力をなくした彼を、なんとか頑張ろうと励ましてきました。そんな関係ですから、やっと前向きになったことを私に知らせたかったのだと思います。これからハローワークに通い、職業訓練を受けて働くと言っていました」

「一月になって、あなたの家を出ていったんですね」

「はい。ちょうど一カ月、うちにいました。正月を私の娘夫婦と共に過ごしました。忘れていた笑顔が蘇り、ほんとうに楽しそうでした」

木下は嗚咽《おえつ》をもらしそうになった。

「あのアパートは宇田川さんが自分で探してきたのですね」

「そうです。なんでも、自分でやってました。生きる気力が出てきたのだと、うれしかったのを覚えています」

「あなたは、森塚翔太という男をご存じでしたか」

「いえ、知りません」

木下はきっぱりと答える。

「森塚は、宇田川さんが自分を殺そうとしたと言っているんですが？」

「そんなことはありません。宇田川さんは体格はりっぱですが、気の小さいおとなしい男です。ずっといっしょに仕事をしてきましたが、一度も声を荒らげたことはなかった」

木下はむきになって言う。

「たとえば、補償金で遊んで暮らしているくせにとか、相手から罵られたら反応するでしょうか」

「しないでしょう。補償金なんかもらっていないんですから。そんな無知なことを言う人間を相手にしませんよ」

木下は蔑む口調になった。

「わかりました。きょうはわざわざお越しいただいて、ありがとうございました」

「検事さん。宇田川さんを殺した人間をちゃんと裁いてください。奥さんと子どもを失い、今度は自分がこんなことで命を落とすなんて。とってもやりきれません」

そう言って、木下は立ち上がった。


木下が引き上げたあと、正田が告げた。

「藤木利香がすでに来て待っているそうです。お呼びして、よろしいでしょうか」

「ええ、お願いします」

「わかりました」

正田は電話で話し、廊下に出て、利香を待った。

やがて、検事室にショートヘアの二十七、八歳の女性が入ってきた。やや強張《こわば》った表情なのは、検事に呼ばれたことで緊張しているのかもしれない。

「どうぞ、おかけください」

皆川は椅子を勧めた。

利香は黙って腰を下ろし、美しい顔を向けた。

「お待たせして申し訳ありませんでした。藤木利香さんですね」

「はい」

利香は頷く。

「きょうお越しいただいたのは森塚翔太のことで、少しお話をおききしたいと思いまして。森塚翔太をご存じですね」

「はい」

利香は眉根を寄せた。

「どういうご関係だったのですか」

「一時、交際をしていました。結婚をするつもりで。でも、別れました」

「別れた理由は？」

「彼のＤＶです」

「ＤＶですか」

「ええ」

「森塚とはどこでお知り合いに？」

「アルバイト先のスナックです。彼は中古車販売会社の営業マンでした。明るくて爽やかな男性でした。お店の常連で、よくお客さまも連れてきていました。そのうちに、ママに内緒で付き合うようになったのです」

「それはいつごろのことですか」

「東日本大震災のあとです。彼といっしょに住むようになったのも、地震の影響が大きかったのです」

「地震の影響というと？」

「地震があってから、ひとりぽっちが心細くなって。ちょっと揺れても体が反応してびくついて。誰かといっしょにいたいと思いました。だから、地震から半年後には結婚を前提に同棲をはじめたんです。そしたら、だんだん様子が……」

利香は苦しそうな表情になって、

「気に入らないことがあると急に怒りだし、すぐ手も出て」

と、恐怖を蘇らせたように頭を抱えた。

「暴力を振るうようになったのですね」

皆川は声をかける。

「はい。顔に痣《あざ》が出来るほど殴られたりしました」

「警察には？」

「いいえ。言いません」

「どうして、訴えなかったのですか」

「そこまでは出来ません。そんなことをしてはいけないような気がしていましたから」

「なぜ、ですか」

「あのひとが怒るのは私にもいけないところがあったからだと思いました。だから、私が我慢すればいいのだと自分に言い聞かせていました」

「そんな状態がいつまで続いたのですか」

「半年以上です」

「別れようとはしなかった？」

「さっきも言いましたように、私にも悪いところがあるからだと思っていたので……。彼は営業の成績が上がらず、苦しんでいたんだと思います。そのとき、私がもっとやさしくしてやればよかったのではないか。私は心の中で、男のくせに情けないという気持ちを持っていました。私のそんな態度が彼をあのように仕向けたのだと、ずっと自分を責め続けました。でも、単にそれだけではないとわかりました。彼はとても嫉妬深くて、私が帰宅が遅いと、どこで何をしていたかを問いつめ、あげく男といっしょだったろうと、気に食わないことがあるとすぐに殴りかかってきました」

利香は気持ちを高ぶらせた。

「森塚はもともと、そのような性向があったんでしょうね」

皆川は利香を落ち着かせるように静かにきいた。

「はい。支配欲が強かったんだと思います。なんでも、自分の思い通りにならないと気が済まないのです」

「それで、ある日、逃げ出した？」

「はい。彼が仕事に出かけた留守に、家を出ました。必要なものだけをスーツケースに入れて」

「どこへ逃げたのですか」

「長野にいる友人のところにしばらく身を寄せ、それから八王子にあるアパートに移りました。夜はスナックでバイトをして」

「しかし、森塚は追ってきたのですね」

「はい。八王子のアパートを出たとき、彼が立っていたんです。にやにやしながら……。私は総毛立ちました。それから、彼は何度でもやって来ました。私はスナックのお客さんに協力してもらい、葛飾区の亀有に引っ越しました。でも、一カ月後、どうして突き止めたのか、そこにも現われました」

「そこで、彼は刃物で脅し、警察沙汰になったのですね」

「はい。近所のひとが警察に通報してくれたのです」

「それが、一年前ですね」

「そうです」

「で、彼はストーカー行為をやめるように警察から説得された。その後は、どうだったのですか」

「現われません。でも、私はアパートを替えました。怖かったからです」

「その後の森塚の動静はまったくわからなかったのですね」

「はい。知ろうともしませんでしたから。でも、彼が捕まったとニュースで知り、びっくりしました」

　ハンカチを握りしめながら、利香は答えた。

「森塚がひと殺しをしたことをどう思いましたか」

「わかりません。でも、私が刃物を向けられたときは、私は殺されると思いました。彼の目は狂気じみていましたから。ですから、被害者と何かとんでもないことがあったのではないかと……」

　ストーカー男が相手の女性を殺し、自殺をするケースは多い。

「あなたは宇田川洋一という男をご存じですか」

　皆川は次に質問を進めた。

「いえ、知りません。どのような方ですか」

「東日本大震災の罹災者でしてね。新しい職を探そうと、ようやく再起に向けて動きだした矢先でした」

「そうですか。せっかく震災で助かったのに、彼のせいで命を落とすなんて……」

利香はやりきれないように言う。

これ以上きくことはないと思い、

「わかりました。お忙しいところをありがとうございました」

と声をかけたが、ふと思いだして、

「そうそう、森塚翔太の弁護人がぜひあなたにお会いしたいそうなんです」

と、反応を窺《うかが》った。

「困ります。絶対に困ります」

利香は激しく拒んだ。

「彼の弁護人でしょう。私に彼のためになにかをさせようとするのではありませんか。そんなことをしたら、彼はまた思いこみで、私に近づいてきます。彼とは、もう関わりたくないんです。お願いです。お断りしていただけませんか」

怯えたような目で、利香は訴える。

「そうですか」

あまりにも激しい拒絶だったので、皆川も困惑した。

「すみません。今でも、彼のことを思いだすと、全身が震えるんです。まだ、トラウマになっているんです」

「わかりました。そのように伝えておきます。わざわざ、お越しいただき、ありがとうございました」

利香は頭を下げてから立ち上がった。

皆川も立って見送る。

ドアの外まで送り届けた正田が戻ってきて、

「ストーカーにＤＶ、森塚翔太は問題がありますね」

と、呆れたように言う。

「まあ、森塚の言い分も聞かないとなりませんが」

皆川が言うと、正田が意外そうな目を向けた。

その表情の意味を悟り、皆川は苦笑した。いつもの皆川の対応と違うと思ったのだろう。

今までなら、森塚の言い分をきくという台詞《せりふ》は皆川の口から出なかったはずだ。

「これで森塚の人間性がわかりました」

そう答えたに違いない。やはり、心の底で、鶴見を意識していることが影響している。

時計を見る。十二時になるところだ。

皆川は携帯を取り出し、先日きいた鶴見弁護士の携帯に電話をした。

「はい。鶴見です」

「皆川です。先日はどうも」

鶴見の爽やかな顔を思いだしながら言う。

「こちらこそ、ごちそうさまでした」

「いま、大丈夫？」

「はい。昼休みをとるところです」

「そう。いま、藤木利香が引き上げたところなんだ」

「そうですか」

「君の話をしたら、彼女は会いたくないと答えた」

「えっ？」

「彼女は森塚翔太を恐れている。へたに関わると、またつきまといがはじまるのではないかと警戒しているんだ。すまないけど、そういうわけで、彼女の居場所を教えるわけにはいかないんだ」

「そうですか」

落胆したような声が返ってきた。

「悪く思わないでくれ。彼女のストーカー被害を考えたら、当然だ。それに、森塚の弁護に彼女は必要ないと思う。また、会おう」

皆川は電話を切った。

翌日、森塚翔太を検事室に呼んだ。森塚の表情には少し身構えているような強張りが見られた。

皆川はじっと森塚の目を見つめた。森塚が視線を逸《そ》らした。

「また、君は供述を変えたようだな」

いままでのあなたという呼びかけから君に変え、口調も荒くなった。もう容赦はしないという意志の現われだ。

その変化を察した森塚の顔つきも緊張したものになった。

「やっと思いだしたんです」

「この前もそんなことを言っていた。そうころころ思いだすことが変わったんでは、誰も信用しなくなる」

皆川は冷やかに言う。

「今度はほんとうです。ドアの開閉の音やゴミ出しで文句を言っていたあのひとが、あるとき、いきなり東日本大震災で寄付をしたかって言い出したんです」

「どうして、そのことをずっと思いださなかったんだ？」

「まさか、そんなことではないだろうと思っていたので」

森塚はしらじらしく答える。

「居酒屋でのトラブルはどうなんだ？　そこでも同じようなトラブルがあったということか」

「あれは思い違いでした。居酒屋では別のことでトラブルになったことがあって、それとごっちゃになっていたのです」

「補償金で遊んで暮らしているくせにえらそうなことを言うなと口にしたそうだな」

「そうです。まさか、あんなに怒るとは思いもしませんでした」

森塚は嘲笑を浮かべた。

「どうして、補償金で遊んで暮らしていると思ったんだ？」

「当てずっぽうですよ。そしたら、的中したんですかね」

「宇田川さんは家も家族もすべて津波で失った。補償金などあるわけはない。仮にあったとしても、心に傷を負った宇田川さんは遊べやしない」

「そうでしょうね。だから、怒ったんでしょう」

森塚は平然とした顔だ。

「逆だ。そんなことで怒るはずはない。宇田川さんをよく知るひとは、おとなしく怒ったところを見たことがないと言っていた」

「嘘だ。俺を見るたびに厭味《いやみ》を言っていた。おまけに、俺を殺そうとしたんだ」

森塚は興奮したのか、激しい言い方をした。

皆川はここぞとばかりに続けた。

「君が一方的に殺したんだ。君の態度が悪いのが宇田川さんには我慢ならず、君を面罵した。そのことにかっとなった君は包丁を隠し持って宇田川さんに会いに行った」

「違う」

「君は、一度、宇田川さんに殴られたあと、『覚えていろ、ただじゃすまさない』と叫んだことがあったそうだな。覚えているか」

「…………」

「アパートの住人の何人かが聞いている」

「単なる捨てぜりふですよ。本気で言ったわけじゃない」

「しかし、その数日後に事件は起きた」

「違う」

「以前、藤木利香という女性といっしょに住んでいたとき、君は彼女に暴力をふるった」

「いや、向こうが悪いんだ。仕事でくたくたになって帰ってきても、俺をいたわる言葉もない。彼女のベッドに入ろうとすると、きょうは疲れているからと拒否する。だから、殴ったんだ。みんなあいつが悪いんだ」

「自分中心か」

「違う」

「逃げた彼女を探し出し、刃物で脅した。警察が駆けつけなかったら殺していただろう」

「脅しただけだ」

「なぜ、そんなもので脅す必要がある。言うことをきかなかったら、殺すつもりだったのではないのか」

「そんなことない」

「ならば刃物など必要なかったはずだ。縒りを戻さなければ、彼女を殺し、自分も死ぬつもりだったのではないのか」

「…………」

「そのときの感情を覚えていないのも無理はない。かっとなっていたからだ。今度もそうだ。体も大きく、腕力のある宇田川さんに歯向かえない君は包丁を持って対抗しようとしたのだ」

「出鱈目《でたらめ》だ」

森塚の頬が興奮からか痙攣《けいれん》し赤くなっている。

「森塚。素直になれ。いくら、違うと言っても、君の供述を裏付ける証拠は何もない。あくまでも、否認するなら、ますます印象は悪くなる」

「違う。俺はやっていない」

「これまでだ。もう、これ以上、調べることはない」

「そうだ。あの女だ」

森塚は立ち上がって叫んだ。

「あの女？」

「藤木利香だ。あいつが宇田川に頼んで俺を殺させようとしたんだ。あいつと宇田川の関係を調べてくれ」

「宇田川さんと義援金のことで揉めたというのは嘘か」

「勘違いだ」

「勘違い？」

皆川は呆れ返った。

「前から気づいていたんだ。あの女が怪しいって」

森塚は凄まじい形相で言う。

「どうして、彼女が君を殺そうとするんだ？　君はもう彼女につきまとっていないのだろう？」

「………」

「それに、宇田川さんが彼女のそんな依頼を引き受けるなんて考えられない。第一、ふたりに接点はない」

皆川はうんざりしながら、

「次々に話を作ってどういうつもりなんだ。いい加減にしなさい。留置場に帰って頭を冷やすんだな」

皆川は何か言いたそうに睨みつけている森塚から視線をそらした。もう、これ以上、森塚の相手はしていられない。

きょうの取調べの結果を受けて、鶴見が森塚にどう出るのか、楽しみだ。鶴見も、これで匙《さじ》を投げるに違いない。

2

翌日。取調べ中で、少し待たされてから、京介は森塚と接見した。

やや憔悴《しょうすい》したような森塚がやってきた。

「どうしました？」

「ちくしょう。俺の言うことなんて誰も信じちゃくれねえ」

森塚は乱暴に吐き捨てる。

「取調べで何をきかれましたか」

森塚は思いだすように目を細めたが、すぐに透明板に顔を近づけ、

「先生。やっと犯人がわかった。藤木利香です」

と、口元を歪めて言う。

「藤木利香？　どういうことですか」

「あの女が宇田川を使って俺を殺そうとしたんです。俺は最初から、あの女が怪しいと思っていたんだ」

「待ってください。どうして、藤木利香さんがあなたを殺そうとするのですか。あなたはもう彼女とは関係ないんでしょう？」

京介は困惑した。

「向こうはそう思っていないんだ。俺が邪魔だったんだ」

「でも、どうして彼女はあなたのアパートを知っていたんですか。あなたが今のアパートに引っ越したのは彼女と別れたあとなんでしょう？」

「それは……」

「ひょっとして、あなたはまだ藤木利香さんにストーカーをしていたんじゃ？」

森塚は俯いた。

「そうなんですね」

「何をって……」

京介はまたも嘘をついていたのかと腹立たしい思いできいた。

「そうです」

「なぜ、正直に話してくれなかったのですか」

「だって、関係ないと思ったんですよ」

「でも、あなたはさっき、最初から、あの女が怪しいと思っていたと仰いましたよ」

「そんときは漠然と考えていただけなんで。でも、今度は間違いありません」

「前回、あなたはなんと言いましたか。アパートの部屋を出たところで、東日本大震災の義援金のことで口論となり、補償金をもらって遊んで暮らしているくせにと言い返した。そのことで、宇田川さんが怒った。そういう線で、弁護をしてくれと言いました。あれは嘘だったということですか」

「嘘じゃない。単なる勘違いだ。今度は間違いない。そうだ、思いだした。俺に刃物を向けたとき、もう彼女を追い回すのをやめろと言ったんだ。ほんとうだ。宇田川が俺を殺そうとしたのは、利香から頼まれたからだ」

すぐ返事をせず、森塚を見つめる。

森塚は睨み返していたが、ふいに目を逸らした。

「森塚さん。あなたは今までそんなことは一切言ってませんでしたね。それどころか、宇田川さんに刃物を向けられたときも……」

「先生」森塚が遮った。

「そんなことどうだっていいじゃないですか。肝心なことは、宇田川が俺を殺そうとした。そのことなんだ。宇田川ははじめから俺を殺そうとして、隣室に引っ越してきたんだ」

森塚は大声を張り上げた。

「森塚さん。落ち着いて」

係員が覗いたので、京介はあわてて言う。

「先生は俺のためになにをしてくれたんですか。宇田川が俺を殺そうとした理由を何も考えてくれないじゃないですか。いつも俺が考えている。自分で考えられないなら、せめて俺の考えに従ってくださいよ」

京介は唖然とした。

「すみません。つい、興奮して」

はっとしたように目を見開いて、森塚は続ける。

「でも、先生。俺の言うように弁護をしてくれないなら、他の弁護士を考えなければならない」

「森塚さん。あなたが私を信頼出来なければ、やむを得ません。他の弁護士に依頼をしてください。ですが、他の弁護人になっても、何ごとも隠さず、正直にすべてを話してくれなければいけません」

「他の弁護士が俺のために熱心に弁護をしてくれるとは思えない」

森塚は諦めたように言う。

「そんなことはありません」

安心させるように言ったが、京介はそうであって欲しいと思いながら、

「私も新しい弁護士の先生に協力をしますから。でも、そのためにはお互いに信頼関係が出来ていなければなりません」

「先生。冗談ですよ。今さら弁護人を変える気はありませんよ」

「私に弁護を任せると言うのですか」

「そうです。お願いします」

「それであればはっきり言わせていただきます。あなたは弁護人である私にも隠し事をしています。それでは信頼関係は築けません。あなたの言い分は二転三転しています。どこまでを信用していいのかわかりません。いや、はっきり、言いますが、あなたの言うことには信憑性《しんぴょうせい》がありません」

「…………」

森塚は不貞腐れて横を向いた。

「森塚さん。今のあなたに必要なのは、事実だけを言葉にすることです。よけいな憶測はいりません」

「わかりました」

少し間を置いてから、森塚は怒ったように言った。

「また、明日、来ます。冷静になってから話しましょう」

京介は接見を切り上げようとした。

「いえ、今でもだいじょうぶですよ」

森塚は溜め息をついた。

「そうですか。じゃあ、改めてお伺いします。宇田川さんとの間に何があったのか、事実だけを話してください」

京介は促した。

「最初はドアの開閉の音がうるさいと怒鳴られました。次はゴミの日を間違えていると文句を言われて。うるさい親父だと無視していたら、だんだん言葉がきつくなって、おまえの親はどんな教育をしたんだとか……」

「アパートの住人の話では、宇田川さんがあなたに激しい言葉を浴びせているところは見ていないということです」

「そんなはずはない。人目があっても、宇田川さんは、俺にきついことを言っていた。

いや、もしかしたら、ふたりだけのときに激しく言ったのかな」

　森塚の言い分と住人の証言はだいぶ違う。森塚には強い言葉に思えたのか。それとも、森塚は自分に都合がいいように言っているのか。その判断はつかない。

「一カ月ぐらいして夜遅く帰って来て部屋に入ろうとしたら、宇田川がドアを開けて出てきて、また何か言いはじめた。それから、ちょっと付き合えって言うから、あとについて公園の植え込みの陰に行った。そんとき、相手は包丁を持っていたんです」

「震災の義援金の件や、補償金云々の話は？」

「勘違いです」

「勘違い？　ほんとうのことを話してください。そうでないとちゃんとした弁護は出来ません」

「嘘です。作り話です」

　小さくなって答える。

「あなたに刃物を向けたとき、もう彼女を追い回すのをやめろと言ったのは？」

「嘘です」

「嘘ですか」

「でも、彼女が宇田川に依頼して俺を殺そうとしたことは間違いない」

　またも、森塚は言い出した。

「その根拠は？」

「………」

「あなたは、藤木利香さんのことを諦めたと言っていましたが、まだストーカーを続けていたんでしたね」

「そうです」

「どうして、もうストーカーをしていないと言ったのですか」

「俺の印象が悪くなると思って。ストーカーをしている男なら、人殺しをするかもしれないと思われるでしょう」

「隠していることこそが問題ですよ」

「ええ」

森塚は俯いた。

「他に嘘をついたり、隠していることは？」

「ありません」

「ころころ自供が変われば、検事さんや刑事さんの心証も悪くなります。いいですか、すぐに今までのことは嘘でしたと言うのです」

「そんなこと、今さら言う必要はありませんよ」

「どうしてですか」

「どっちみち、警察は俺の言い分なんて信用していない」

「だが、嘘をつきっぱなしでいるより、訂正したほうが今後のために」

「無理ですよ。先生は取調べを受けていないから、そんなこと言えますけど、はじめから俺を犯人扱いですからね。早く、罪を認めろ。それぱかりです。そんな連中に、何を言っても通用しませんよ」

森塚は憎々しげに顔を歪めた。

確かに、警察・検察は森塚の犯行だと思っている。森塚が言うように、森塚が何を言っても信じようとしないだろう。

「先生。お願いだ。利香のことを調べてくれ。俺には利香が宇田川に依頼したとしか思えないんだ」

「森塚さん。いま反省したばかりじゃないんですか」

京介はうんざりして言う。

「でも、利香は俺から逃げようとしていたんだ」

「逃げているんです。だから、あなたを殺すことなど、想像さえしないはずです」

「新しい男が出来たんだ」

またも、森塚は新たに妄想を膨らませたのか。

「そうだ。そうに違いない。だから、俺のことを始末しようとしたんだ」

森塚は妄想にとりつかれている。

「どうして、そこまで考えるのですか。思いこみが激し過ぎませんか」

「思い込みじゃありませんよ」

森塚の目つきが異様だ。

「ひょっとして、あなたは藤木利香さんにつきまとい、なおかつ何かを言ったのではありませんか」

「…………」

「森塚さん、どうなんですか」

森塚は俯けていた顔を上げた。

「少し脅しました」

「なんと言ったのですか」

「もし、新しい男が出来たら、そいつを殺すと」

「…………」

京介は言葉を失った。

「だから、利香は俺を殺そうとしたんですよ。先生、利香に会って確かめてくれ」

森塚は身を乗り出し、

「ほんとうに男が出来たのか確かめてきてくれ」

「森塚さん。みな、あなたの妄想ですよ。宇田川さんと藤木利香さんが知り合いだという可能性があるでしょうか。宇田川さんは女川、藤木利香さんは東京に住んでいたのでしょう」

「どこかで偶然に会ったんですよ」

「仮に、どこかで出会ったとしましょう。でも、どんな理由で宇田川さんは人殺しを請け合うというのでしょう。利香さんにしても、そのような大事なことを、偶然に出会ったばかりの人間に依頼するでしょうか」

「そんなことわかりませんよ。ともかく、彼女に会ってきてください」

「会って訊ねても、あなたの期待した答えは返ってくるとは思えません」

「そんなこと、どうでもいいんだ。利香がどこにいるか知りたいんだ。利香に会って、面会に来るように言ってくれ」

京介は啞然とした。

「あなたは、利香さんの行方が知りたいだけなんですか」

「利香ともう一度、やり直したいんです。どうか、お願いします」

「利香さんは、宇田川さんを使ってあなたを殺そうとした人間じゃないんですか」

京介は皮肉混じりに言う。

「そうです。でも、それとこれは別ですから」

京介は気づかれないように溜め息をついた。森塚はどのような精神構造をしているのだと呆れる思いだった。

接見時間が残り少なくなった。

「ともかく、思いつきで勝手に喋《しゃべ》ると墓穴《ぼけつ》を掘ります。決して飾らず、事実をありのままに答えるのです。いいですね」

「はい」

気乗りのしない様子で、森塚は答えた。

京介は虎ノ門の事務所に帰った。

机に鞄《かばん》を置き、コートを着たまま椅子に腰をおろした。疲れがどっと出た感じだった。

森塚翔太はふつうの感覚ではない。

妄想癖があり、思い込みが激しい。また、自分を正当化する、そういう性癖がある。利香が自分から逃げたのも、彼女が悪い。

森塚はその都度、嘘をつき、作り話をした。しかし、一貫して変わっていない主張がある。

宇田川洋一が包丁を持って襲ってきたという点だ。このことは変わっていない。単に自分を正当化するのにはそう主張するしかないからか。

卓上の電話が鳴った。

「はい」

「ちょっと来てくれないか」

所長の柏田弁護士からの呼出しだ。

「すぐ伺います」

すっくと立ち上がり、京介はコートを脱ぎ、気持ちを切り替えてから、柏田の部屋に向かった。

京介は東京の大学の法学部に入り、大学四年のときに司法試験に合格し、大学を卒業後に二年間の司法研修生の生活を経て、この事務所に入ったのである。

「失礼します」

部屋に入り、京介は柏田の机の前に立った。鬢《びん》は白くなり、それが顔の皺と相俟《あいま》って風格を醸しだしていた。数々の冤罪事件で被告人を救ってきた弁護士だ。

ヘビースモーカーだった柏田は、禁煙してから少し肥ったと言っていた。

「たいした用ではない。ちょっと伝えておこうと思ってね。これを」

柏田が履歴書を差し出した。

京介は受け取った。

眼鏡をかけた若い地味な感じの女性の写真が貼ってあった。名前は牧原蘭子《まきはららんこ》。二十四歳……。法科大学の文字が見えた。

「今度、うちの事務所に来ることになった」

「弁護士ですか」

「そうだ。私の友人の娘さんだ。よろしく頼む」

「わかりました。いつから」

「来月からだ。今、倉庫代わりに使っている部屋を使ってもらう」

「あの部屋は窓が小さくて若い女性には可哀そうです。私がそっちに移ります」

「いいんだ。そこまでしなくても」

「でも、部屋が気に入らずに、この事務所がいやになったら困りますから。私はだいじょうぶです」

「いいんだがな」

柏田がすまなそうに言う。

「いいですよ」

「そうか。すまないな」

「いえ。ぼちぼち、片づけていきます」

引き上げようとしたとき、柏田が呼び止めた。

「どうした、なんだか屈託がありそうだが？　今抱えている事件で何か困ったことでもあったか」

「ええ」

少し迷ったが、京介は打ち明けた。

「森塚翔太のことです。妄想癖があるのか、勝手に話を作ってくるのです。何を考えているのかわからないのです」

京介は様子を語った。

「なるほど。自己弁護に長けているようだな。DVやストーカーをしていたのだな。そういったことをやる人間に共通しているのかもしれないな、自分は悪くない、相手が悪いのだという思い込み」

「はい」

「ただ、わからないことがある。ふつうに考えれば、刺したことは認めながらも、刺したのは相手が悪いからだと自分を正当化するのではないか。それなのに、相手が包丁を持って襲ってきたと訴えている。それから、一貫して、そのことは訴え続けている。その点が気になるな」

柏田もそのことに関して自分と同じように考えてくれた。

「わかりました。森塚の言うことにもう少し耳を傾けてみます」

やはり藤木利香に会ってみようと思った。

3

勾留の延期手続きをとった翌日、高木警部補から連絡が入った。

「森塚が検事さんにお話があるそうです」

「森塚が私に？」

皆川はきき返した。

「どういうことでしょうか」

「わかりません。ただ、検事さんに最初に話すとの一点張りで、こっちの取調べに対して何も話しません。どうしましょうか」

「わかりました。ちょっと、待ってください」

皆川は正田に、きょうの予定をきいた。

「午後から二件の取調べがあります。あと……。そうですね。四時過ぎなら時間がとれそうです。でも、五時に部長のところに」

「わかりました」

皆川は再び受話器を耳に当て、

「もしもし、四時以降なら時間がとれますが、そっちに伺う時間はないのです。森塚をこっちに寄越せますか」

　警察署に行って取り調べようかと思ったが、その時間はなかった。だが、皆川はある予感がして、

「よかったら、高木さんもごいっしょしてくれませんか。何かとんでもないことを言い出す可能性もありますから控えていたほうがいいように思えます」

　と、提案した。

「わかりました。そうします」

「では、のちほど」

　電話を切ったあとで、いったい森塚は今度は何を言い出すのかと考えた。

　前回の取調べの最後に、森塚は喚くように言った。

「藤木利香だ。あいつが宇田川に頼んで俺を殺させようとしたんだ。あいつと宇田川の関係を調べてくれ」

　森塚はこのことについて何かを思いついたのだろうか。藤木利香が宇田川を使って森塚を殺そうとした。そんなことはありえない。

　だが、荒唐無稽とも言えないのだ。利香が森塚のストーカーに苦しめられていたのは事実だ。

　公判で、弁護人がその線で弁護を展開したらどうなるか。宇田川が森塚の隣の部屋に

引っ越してきたのは計画的だという主張も出来る。

なにしろ、弁護側はそのことに立証責任はない。ただ、そう主張すればよい。裁判員の中には信じる者も出てくるかもしれない。

もちろん、弁護人が藤木利香を法廷で犯人呼ばわりすることはないだろう。名誉毀損問題に発展するからだ。

だが、暗にそれらしきことを匂わせながら、裁判員の印象操作をしていく可能性も否定出来ない。

宇田川と藤木利香に結び付きはない。だが、森塚のことだ。また、とんでもない、考えを持ちだすかもしれない。

たとえば……。宇田川と藤木利香を結びつける第三者の存在だ。その第三者とは誰か。

皆川は森塚の立場になって考えてみた。

藤木利香の新しい恋人だ。その恋人が宇田川に森塚を殺すように依頼した。そういうストーリーを考えたとしたら……。

弁護側はそのことを証拠で示す必要はない。逆に検察側がそういう可能性がないことを立証しなければならない。

裁判員に、そういう可能性もあるかもしれないと思わせたら、弁護側の思うつぼなのだ。皆川は藤木利香に新しい恋人がいるかどうか、気になった。

起訴するにあたり、公判維持が出来るかどうかが、問題だ。

事件は複雑なものではない。隣人同士の諍いの末の殺人事件だ。腕力に劣る加害者が包丁で相手を刺した。それだけのことだ。

ただ、被疑者の森塚翔太がいろいろ言い逃れをする。それをいちいち潰していかねばならない。いや、森塚が言う前に、捜査側がすべてを押さえておかねばならなかったのだ。

「正田さん。藤木利香に至急連絡をとりたいのですが。彼女に恋人がいるかどうか、確かめたいのです」

「わかりました」

正田はパソコンに登録してある電話帳を開き、電話をかけた。だが、留守のようだ。

「出ませんね」

やはり、この時間は自宅アパートにはいない。

「携帯の電話番号を教えていただけませんか」

電話番号を聞き、皆川は電話をかける。しかし、利香は出なかった。おそらくアドレス帳に登録されてない番号からなので、警戒しているのかもしれない。

仮に繋《つな》がったとしても、彼女が正直に答えるかどうかわからない。もしかしたら、森塚は藤木利香に新しい恋人が出来たのを知っていたのかもしれない。その可能性はある。

四時過ぎに、高木が一足先に検事室に入ってきた。

「取調室で、森塚は一切口をききません。強情な野郎です」

「さっそく、寄越してください」

「わかりました。では、私は廊下で待機しています」

廊下に待たせた森塚を呼びに行った。

高木と入れ代わり、森塚が押送の巡査に連れられて入ってきた。

森塚が顔を向けた。皆川を見て、にやりと笑った。不快感が胸の底からわき上がったのを無理やり押し込めて、椅子に座るのを待った。

手錠と腰縄をはずされてから、

「やっと、検事さんに会えました」

「話ってなんだ？」

皆川は警戒ぎみに声をかける。

「そんなに急《せ》かさなくてもいいじゃありませんか」

森塚は落ち着いている。この野郎、何を企んでいるのか。皆川は睨みつける。

「そんな目で見ないでくださいな。これから大事な話をしますから」

森塚は身を乗り出し、

「その前に、今、藤木利香がどこで暮らして何をしているか、教えてくれませんか」

「聞いて、どうするのだ？」

「ただ、知っておきたいんですよ」

「君は接近禁止の命令を受けたあとも、藤木利香をずっとストーカーしていたのだな」

「ええ、していました。だって、彼女もほんとうは俺のことを待っているのだと思ってましたから」

「本気で、そう思っていたのか」

「いちおう、本気で。なぜ、俺から逃げ出したのかわからなかったし」

「君の暴力が原因ではないのか」

「あれは、彼女が悪いんですよ。帰りが遅かったり、飯を作らなかったり、俺をないがしろにするから」

「彼女は君に居場所を知られたくないはずだ」

「…………」

「彼女だって、新しい人生を歩みはじめようとしているのだろう」

「検事さん、知っているんですね」

「何をだ？」

「彼女の男ですよ」

「君は知っているのか」

「やっぱりね」

森塚は意味ありげに笑った。

ほんとうに何を考えているのか、まったくわからない。

「検事さん。彼女に伝えてもらえませんか。俺の負けだと」

「どういうことだ？　まだ、藤木利香が君をはめたと思っているのか」

「凶器の包丁は私が持ちだしたんですすよ。それで宇田川を殺ったんです」

耳を疑った。正田も顔を向けた。

「いま、なんと言った？」

「宇田川さんに殴られてかっとなっていたので、今度会ったときは刺してやろうと包丁を持って出たんです。そして、部屋から出てきた宇田川さんを公園に誘い、刺したんです」

森塚が自供をはじめた。正田が忙しくキーボードを叩く。

「なぜ、急に認める気になった？」

皆川は警戒してきく。

「疲れました。もう、いいです。認めることにしました」

「どうして、俺に自供したんだ？」

「検事さんなら、彼女に俺の気持ちを伝えてくれると思ったんですよ」

「なんて伝えたいのだ？」

「さっき言ったでしょう。俺の負けだと」

「それだけか」

「そうです」

「どういう意味だ？」

「彼女ならわかりますよ」

「もし、なんのことかわからないと言われたら、なんと答えればいいのだ？」

「だいじょうぶ。わかります」

森塚は含み笑いをした。

何か魂胆がある。そんな笑みに思えた。

裁判で、また否認に転じるかもしれない。そのための布石ではないのか。

「君は藤木利香に新しい恋人がいるのを知っていたのか」

「いえ。でも、想像はつきます」

「君は、いままで頑《かたく》なに、宇田川洋一が自分を殺そうとしたと言い続けてきた。そのことは嘘だったのか」

「ええ、嘘です」

あっさり答える。

「藤木利香が宇田川洋一に依頼したというのも嘘か」

「そうです」

「しかし、君は本気でそう思ったのではないのか」

「違います」

「俺の負けというのは、藤木利香の策略に引っかかったという意味ではないのか」

「そうではありません」

「自供するにあたり、弁護士の忠告があったのか」

皆川は鶴見の顔を思い浮かべながらきいた。

「いえ、鶴見先生には何も話していません」

「君の独断か」

「そうです。どうせ、あの先生も俺のことを信用していないですからね。これ以上、頼りにしても無駄でしょうから」

森塚は淡々と話す。何か吹っ切れたような顔つきだ。わからない。いったい、突然の自供には何の意味があるのか。

「では、最初からきく。君は、夜中のドアの開閉の音やゴミ出しのことで、宇田川さんからいつも苦情を言われ続けた。そのことで、トラブルになり……」

森塚は無表情で聞いていた。

森塚が引き上げたあと、高木が検事室に入ってきた。

「森塚は何だかさっぱりしたような顔をしていましたが、いったい何を喋ったのですか」

高木は真っ先にきいた。

「自供しました」

「自供？」

信じられないような顔で、高木はさらにきく。

「犯行を認めたということですか」

「そうです。部屋の包丁を持って出て、宇田川洋一を公園に誘い、刺したことを自供しました」

「なぜ、今になって？」

高木はかえって不安そうにきく。

「疲れたと言ってました。それから、私に自供をしたのは藤木利香に俺の気持ちを伝えてくれると思ったからだと言ってました」

「俺の気持ち？」

「ええ、俺の負けだと伝えてくれということです」

「俺の負け……」

「この言葉からすると、藤木利香の策略にまんまとはまったと悔やんでいるように思えます」

「本心からの自供ではないと？」

「わかりません。ただ、本心からでないとすると、裁判で否認に転じる可能性がありますか。高木さん、念のため、藤木利香が計画したという線で事件を洗い直してくれませんか。その可能性を証拠でつぶしておかないと、とんでもないところで足をすくわれる危険があります」

「わかりました。もう一度、警察で取り調べる一方で、そっちの捜査もしてみます。それでは」

高木が引き上げてから、

「皆川さん。森塚はずいぶん藤木利香を意識していますね」

と、正田が声をかけてきた。

「ええ、ストーカーをしているほど彼女に執着をしていますからね。それは異常なほどです。彼女だけが自分の人生のすべてだと思ってるのでしょう。刑務所に入れば、もう彼女に近づくことが出来ない。だから、必死に言い逃れを繰り返してきたのだと思いますが、ついに彼女は自分から遠いところに行ってしまった。もし、拘禁されていなかったら、ストーカーの果てに彼女を殺し、森塚も自殺していたかもしれません」

「それが叶《かな》わなかったにしては、森塚はずいぶん落ち着いていました。やっぱり、何か企んでいるんでしょうか」

「ええ……」

それにしても、森塚は鶴見弁護士には何の相談もせずに独断専行している。ふたりの関係はうまく行っていないのだろうか。

皆川は携帯を取り出し、鶴見の携帯に電話をした。

鶴見はすぐに出た。

「皆川です。今、だいじょうぶ？」

「はい。事務所ですからだいじょうぶです」

「さっき、森塚が自供した。犯行を認めたんだ」

すぐには返事がなかった。

「もしもし」

皆川は呼びかけた。

「あっ、すみません。ちょっと、驚いたものですから。自供したなんて信じられません」

鶴見の困惑した声が返ってくる。

「俺もまさかと思った。どうなんだ、そっちは森塚との関係はうまくいっていなかったんじゃないのか」

「はい。そう言われると、返す言葉もありません」

　鶴見が素直に答えた。

「ただ、公判で否認に転じる作戦かもしれないな」

「皆川さん。藤木利香さんの連絡先を教えていただけませんか」

「彼女の許しが出たら教えるよ。もうしばらく待ってくれないか」

「わかりました」

　携帯を切ってから、皆川はもう一度、藤木利香の携帯に電話をした。また出ないだろうと思って切ろうとしたときに声が聞こえた。

「……藤木です」

「東京地検の皆川です。先日はどうもごくろうさまでした。今、お電話、よろしいでしょうか」

「はい、構いません」

「じつは、森塚翔太が罪を認めました。そこで、補充の意味もあって、いくつかあなたにお訊ねしたいことが出てきました。また、御足労願えたら助かるのですが。もし、だめならこちらからお伺いいたしますが」

「いいえ、構いません。お伺いいたします。いつでしょうか。私はいま、銀座にいます。六時ごろでしたら伺えますが」

「そうですか。では、六時にお待ちしております。前回のように受付で皆川にと仰ってください」

「わかりました。では、六時に参ります」

携帯を切ってから、

「藤木利香がやって来ます」

と、皆川は正田に伝えた。

「森塚が罪を認めたことで安心したのでしょうか。ずいぶん、あっさり承諾してくれましたね」

「ええ」

皆川は椅子から立ち上がり窓辺に立ち、都会の夕暮れの風景に目をやった。だんだん、日が伸びているのがわかる。

眼下に日比谷公園、そして銀座方面のビル群のネオンが輝き出している。

森塚の自供によって、事件の片がついたということか、それとも新しい闘いの幕開けなのか。そう悩むほど、彼の自供は謎だった。

電話が鳴った。正田が出て応対している。受話器を置いて、

「検事。部長からです。すぐ来てくれとのことです」

「わかりました」

皆川は部長室に向かった。皆川が別に抱えている有名芸能人の息子が引き起こした傷害事件のことだろうと想像がついている。

部長との話し合いを終えて検事室に戻ったのは六時少し前だった。案の定、有名芸能人の息子の起訴を見送るようにと暗に示唆してきた。

その芸能人と検察庁のお偉いさんはゴルフ仲間で、親しい間柄だという話は聞いていた。いちおうは考えておきますと答えたが、事件に目を瞑《つむ》ることは出来ない。

面白くない気分で検事室に戻ると、ちょうど正田が受話器を置いたところだった。

「藤木利香がやって来たそうです」

と言い、正田は部屋の外まで迎えにいった。

皆川は椅子に座り、彼女を待った。

ドアが開き、正田が彼女を部屋に招じた。

ゆっくり歩いてきて、机の前の椅子に腰をおろした。

「急な呼出しで、申し訳ありませんでした」

皆川は詫《わ》びて、

「森塚翔太は、かなりあなたに執着を持っているようでした。森塚から、あなたに伝えて欲しいと頼まれた言葉があります」

「なんでしょうか」

利香は不快そうに眉根を寄せた。

「俺の負けだと」

「………………」

「どういう意味かわかりますか」

「さあ。しいて言えば、これ以上、私へのストーカーは出来なくなったので、もう私を見つけることは出来ない。そういうことを言ったのかもしれません」

利香は困惑したように言う。

「立ち入ったことをお伺いいたしますが、あなたには今付き合っている男性はいらっしゃいますか」

皆川は利香の顔を見た。

「それが何か関係が？」

「いえ、森塚が邪推をしていたので。で、いかがでしょうか」

「そういう男性はおります。結婚を考えています」

「そうですか。その男性のことを、森塚は知っていましたか」

「知らないと思いますけど」

利香は自信なさそうだ。

「知っている可能性もあるのですか」

「あのひとは、必ず私の居場所を突き止めました。ですから、知らないうちに、彼といっしょのところを見られていたかもしれません。そんなことはないと思いますけど」

「その男性の名前を教えていただけますか」

「えっ、どうしてですか」

利香は反発するようにきき返した。

「森塚さんの事件と彼は関係ないはずですが」

「そのとおりです。ですが、ちょっと困ったことに」

「困ったこと？」

利香は不安そうな目をした。

「森塚は、あなたの恋人が宇田川さんに自分を殺すように依頼したと、裁判で言い出すかもしれないのです」

「まあ」

利香は目を見開いた。

「そう言い逃れをした場合に備え、そんなことがあり得ないことをはっきりさせておきたいのです」

「………」

「いかがですか」

「きっと、森塚の嫌がらせですね。あくまでも、私を苦しめようとして……」

利香は唇を噛《か》んだ。

なるほど、そういう解釈も出来る。森塚は、最後まで利香を苦しめようとしているのか。もし、そうだとしたら、それは、ある程度は成功していると言えるかもしれない。

「彼は、森塚のことを知りません。ですから、そんなことはあり得ません。それより、彼に森塚のことを知られたくないんです」

「ちなみに、どこにお住まいですか」

「東京です」

「ずっと？」

「はい、今は下高井戸に。彼は関係ありません」

利香が嘘をついている場合もある。また、彼のほうが森塚のことを知らない振りをしていることも考えられる。

だが、ほんとうに無関係ならば、よけいなことを利香の恋人に知らせてしまう。

「裁判で森塚が、名誉毀損を厭《いと》わずにそんな主張をした場合、こっちがそこまで調べていないと、弁護人にそこを突っ込まれます。そうしたら、裁判員の中には森塚の言い分に耳を傾ける者も出てくるかもしれません」

「真実かどうかは関係なく、考えられることはすべて調べておかねばならないんです」

「なんだか、森塚に振りまわされているみたいですね」

利香はしらけたように言う。

「確かに状況からは、隣人同士のトラブルで森塚が宇田川さんを殺したと判断出来ます。しかし、森塚は部屋に登山ナイフを持っていました。なぜ、それを使わず、包丁で刺したのか、いくつかの点で説明がつかないところがあるんです。もっとも、宇田川さんが殺そうとしたにしても、なぜ森塚の家の包丁を持ちだしたのか、説明がつきません」

「やっぱり、森塚は私と彼との仲を割こうとしているのかもしれませんね」

「そこまで考えているかどうかは……」

「いえ、彼はそういう人間です。彼の頭にあるのは私のことだけなんです。私が仕合わせになることは彼にしたら耐えられないことなんです」

利香の言うことは当たっているかもしれない。もし、このような事件に巻き込まれなければ、森塚はストーカーの末に利香を殺し、自殺をする。そういう結末を迎えるようになったかもしれない。

登山ナイフもそのために用意していたのではないか。

またも、新たな森塚の企みの可能性に気づいた。森塚は法廷で、こう主張するのではないか。

「私は藤木利香と縒りを戻したく、ずっと行方を探していました。もし、利香が私を拒絶するなら、私は彼女を殺し、自分も死ぬつもりでした。そのために生きているのですから、隣人とのトラブルから相手を殺すようなばかな真似はしません。相手が私を殺そうとしたのです。理由は利香かその恋人から依頼されたからです。宇田川さんは刃物を私に突き付けたとき、ストーカー男めと叫びました。それが、利香の気持ちを代弁しているのは明白です」

この主張を、弁護側は立証する必要はない。覆すのは検察側の役割だ。

「藤木さん。お願いです。森塚を裁くためです。ぜひ、協力してください」

皆川は頼んだ。

しかし、利香は首を左右に振った。

4

翌日、京介は警察署に行き、森塚翔太と接見をした。

森塚は俯き加減に入ってきて椅子に座った。

「自供したそうですね」

京介は待ちかねてすぐにきいた。

「ええ。もう、いいんですよ。疲れました」

森塚は薄い笑いを浮かべた。

「ほんとうに宇田川さんに殺意をもっていたのか、それとも何か他の理由で……」

京介の声を遮り、森塚が言う。

「俺です。俺が刺したんです。最初から揉めていて、そのうち、宇田川さんに殴られてかっとなったんです。今度会ったときは刺してやろうと包丁を持って出た。そしたら、部屋から出てきた宇田川さんと出会い、公園に誘って刺したんです」

「今のは、最初から警察が言っていたことではないですか」

「そうです。その通りだったんです」

「何があったんですか。なぜ、急に自供を？」

京介は問いつめるようにきく。

「だから、疲れたんですよ」

「あなたは藤木利香と宇田川さんの関係を気にしていた。そのことは？」

「俺は利香に負けた。そういうことです」

「どういう意味ですか」

「利香は俺から逃げ延びた。だから、俺の負けということです」

森塚は平静だ。

「あなたは何か企んでいるんですか」

「企む？　何をですか」

「裁判になって、自白を否認する」

「そんなことは考えていませんよ。どうせ、無駄でしょうから」

「まさか」

京介の脳裏にある考えが閃《ひらめ》いた。

「まさか、あなたは法廷に利香さんを呼ぶことを画策しているのではないでしょうね」

「どういうことですか。そんなこと出来るのですか」

森塚は含み笑いをした。

「先生。これで、起訴されるでしょう。そのあとも先生との関係は続くんでしょう。先生は俺の言うように弁護をしてくれればいいんです。国選弁護人に頼まずに、高い報酬を払ってまで私選で雇ったんです。国選じゃ、そんな熱心にはやってられないでしょうから。でも、いまとなっては私選も国選も同じでした。これまで、私選にした意味がありませんでした。これまでもたいして役に立たなかったけど、あとも適当でいいですよ」

「森塚さん」

「起訴後は、もう国選でもいいんですがね。でも、それじゃ先生の顔が立たないでしょう。先生もたいへんでしょうから、適当にやっていただいて結構です。じゃあ、これで。無理して会いに来なくて結構ですよ」

森塚は冷たい笑みを浮かべて立ち上がった。


その夜、京介は新橋にある小料理屋で、皆川と会った。先日と同じテーブル席で向かい合った。

「どうした、元気がないみたいだけど」

皆川が声をかける。

「今度の件では堪《こた》えました。私は弁護士として失格なのかもしれません」

京介はやりきれないように言う。

「何を言い出すんですか」

皆川はいたわるように言い、運ばれてきたビール瓶を持ち、

「さあ、呑んでください」

と、勧めた。

京介は力なくグラスを持った。

グラスの中に出来る泡を見ながら、いったい森塚との付き合いの中で何が問題だったのかと反芻する。

自分は森塚の主張を素直に聞いてやったのだろうか。はじめから、疑っていたのか。だから、信頼関係が築けなかったのか。

皆川は自分でビールを注いでグラスを持った。

「さあ、元気を出して」

「はい」

京介はグラスを口に運んだ。苦いものが喉を通った。

「森塚はふつうの人間の感覚でははかれない。ふつうの人間と思って接していたら、対応を誤ってしまう」

「ふつうの人間と違うでしょうか」

「違う。彼の価値観、人生観がふつうの人間の感覚と違うのだ。彼は藤木利香に異様なほど執着している。我々はそこからして彼を理解出来ない」

「でも、どういう人間だろうが、正面から向き合ってやらなければならない。それが出来なかったんです」

「いいですか。君は真実を追い求め、彼と話し合ったはず。俺だって、真実を探るために取調べをした。しかし、彼の頭にあるのは真実ではない。利香のことだけだ。どうしたら利香に会えるか。利香を手に入れるためにはどうしたらいいか。取り戻せないのなら、どうしたら利香に復讐《ふくしゅう》が出来るか。まず、そのことが優先だ。彼には利香のいない世の中は生きている値打ちのないものなんだ」

確かにそうだ。そういう面もある。しかし、すべてがそうだと言い切れるだろうか。

「おそらく、彼は裁判になったら、一転して、否認する。そして、利香を法廷の場に引きずり出す。それが、彼の最後の賭けだ」

店内は適度な喧騒で安心して話せる。

「利香には新しい恋人がいた。森塚は知っていたのではないだろうか。森塚はその恋人が宇田川に殺人を依頼したと主張するに違いない。おそらく、森塚は君に利香の証人申請をするように要求するのではないだろうか」

「そこまで考えているでしょうか」

「しないとは言い切れない」

皆川は渋い顔をして、

「君はどうします?」

「そこまでは出来ません」

「しかし、被疑者、そのときは被告人になっているが、希望通りの弁護をする必要があるのではないですか」

「そうですが……」

「そのために、利香の恋人のことを知りたいと思った。だが、彼女は教えてくれなかった。恋人には森塚のことを話していないらしい。これからも、知られたくないというのが彼女の答えだった。

「その気持ちもわからなくはありませんが」

「お酒にしますか」

京介のグラスに注いでビールがなくなり、皆川は女将を呼んだ。

「お酒を頼む。熱燗《あつかん》で」

「ずいぶん深刻そうにお話をしていらっしゃったのね。お刺身が乾いてしまいますよ」

「そうですね」

皆川が苦笑した。

話に没頭し、料理にまったく箸をつけていなかった。無意識のうちに、ビールだけ呑んでいた。

銚子が運ばれてきて、皆川は酒を呑みはじめた。

「利香の恋人の件はどうするのですか」

「へたに接触は出来ません。だから、宇田川の周辺をもう一度、捜査をするように警察にお願いした。ただ、依頼されて、宇田川が森塚を殺そうとしたのなら、自分が犯人だとすぐバレるようなあんなやり方はしないでしょう。そんなことをしたら、依頼したほうも安心出来ない。取調べでほんとうのことを話されたら終わりだからね」

猪口《ちょこ》を口に持っていってから、皆川は続けた。

「宇田川は再起に向けて頑張っていた。そのことは勤め先の元海産物製造の社長も話していたんです。まあ、万が一を考えて、宇田川の交友関係を調べておくつもりだ」

「森塚のことで、引っかかっていることがひとつだけあるんです」

京介は遠慮がちに言う。

「なんですか」

「森塚は思いつきのように言い訳を重ねてきましたが、宇田川が刃物を持って襲ってきたという点は変わっていませんでした」

「それは、そう言うしかないでしょう。自分が持っていたのでなければ、相手が持っていたことになるのだからね」

「そうですが……」

皆川は京介の考えを一蹴した。

「お願いです。藤木利香の連絡先を教えていただけませんか。皆川さんから教えてもらったとは言いませんから」

「そうですね」

皆川は思案顔になった。

「彼女は拒んでいるんだけど」

「彼女に迷惑がかかるような真似はしません。彼女と会ったことを、森塚にも黙っています」

「でも、やはり教えるわけにはいかないな」

「そうですか」

京介は落胆した。

「そのまま会いに行っても拒否されてまともに話をしてくれないと思う。彼女にもう一度、頼んでみよう。君が会いたがっているとね」

「すみません。よろしくお願いいたします」

「さあ、食べましょう」

皆川が箸を持った。

このままではいけない。何かをしなければ……。京介は改めてもう少し調べてみようと思った。

「皆川さん。宇田川さんが北大塚に引っ越して来る前まで世話になっていたという方の連絡先を教えていただけませんか」

「ほう、やっと目が輝き出したな。わかった。明日、知らせよう」

翌日の夕方、京介は横山町に住む女川町で海産物の製造卸の会社をやっていた木下恒吉を訪ねた。宇田川洋一は木下の会社で働いていたのだ。

東日本大震災の津波の被害で工場を失った木下恒吉は再建を諦め、娘の嫁ぎ先に引っ越してきた。

衣料品の問屋で、会社のビルの裏手の、古い瓦屋根の家が住いだった。そこの離れの部屋に、木下夫婦は厄介になっていた。

京介は玄関脇にある居間に通された。木下の妻が茶をいれてくれた。

「ありがとうございます」

京介は一口茶をすすってから、壁に飾ってある写真に目を向けた。港と工場が見える。トラックが停まっている。

「女川町の?」

京介はきいた。

「そうです。私の会社でした。今は跡形もありません。巨大津波のせいです」

木下は目をしょぼつかせた。

二〇一一年三月十一日午後二時四十六分、強い揺れのあと、女川湾から水が引き、その後、突然津波が襲いかかった。

「防災無線が避難を呼びかけた。そのとき、宇田川さんが私を車に強引に乗せて、山のほうに走った。だが、途中で波に追いつかれそうになり、車を捨てて山を駆け上がった。

津波は渦巻きながら十八メートルを越えて襲ってきた」

　木下はやりきれないように続けた。

「国道沿いのビルの屋上に避難したひとも波にさらわれた。民家が波に揉まれて砕け、車がおもちゃのように流され、たくさんのひとが波に沈んでいくのを為す術《すべ》もなく見てました。宇田川さんが私を強引に車に乗せて逃げてくれなかったら助からなかった」

「宇田川さんの家族は犠牲になったのですか」

「そうです。奥さんと小学生の女の子が……」

　木下は痛ましげに言う。

「木下さんは？」

「私の弟一家が全滅でした。いっしょに仕事をしてきた弟です。まさか、あんな大きな津波が押し寄せるとは想像もしてなかった。こうして生き長らえたのも、宇田川さんのおかげです」

「宇田川さんはよく素早く逃げましたね」

「彼は地震にはすごく敏感でした。ちょっとした揺れにも素早く反応して。やはり、阪神淡路大震災を体験していたからです」

「宇田川さんは神戸のひとだったのですか」

　京介は驚いてきき返す。

「そうです。実家は大阪の堺市で、当時は西宮に住んでいたそうです。その地区は被害の少ないところだったそうですが、たまたま知り合いのところに行っていて、そこで地震に遭ったそうです。地震から一年後に、宇田川さんは女川にやって来ました。港でぼけっとして海を眺めていた。あとから考えたら、死ぬ気だったんじゃないかと思いましたよ。地震の恐怖体験がトラウマになっていたようです」

木下は思いだすように、

「私は気になって声をかけたんです。生気がないのが心配で、その日、うちに泊めてやりました。そのとき、震災の罹災者だと聞きました。神戸のほうには怖くて住めないので東北にやって来たと打ち明けたんです。それで、うちで働くようになりました。最初はうちで居候をしていましたが、夜中によくうなされていました」

「よほどの恐怖体験だったのでしょうね」

「ええ。そういうわけなので、地震には特に臆病で、その後、宮古市の田老《たろう》に行ったときに高さが十メートルある防潮堤が二キロ以上も続いているのを見て、地震が起きたら津波が来るという意識を強く持ったそうです。だから、大きな揺れを感じたとき、すぐに津波が来ると思ったようです」

「宇田川さんは女川で十六年ぐらい暮らしていたんですね」

「そうです。その間、結婚し、子どもも出来ました。好きだった女性が阪神淡路大震災で亡くなったそうで、結婚はしないと言っていたのですが、うちの会社の事務員と結婚したんです。あとで聞いたら、震災で亡くなった女性に似ていたんだそうです。真面目に働いていました。やっと、阪神淡路大震災の傷から立ち直ったというのに、また地震で家族を失って」

木下は痛ましげに俯いた。

二度の大震災を体験し、ことに東日本大震災では家族も失っている。宇田川は立ち直れないほどの心の打撃を受けたのではないか。

「地震のあと、宇田川さんはどうしたのですか」

「奥さんとお子さんは津波に流され、すぐには遺体が見つからなかったんです。毎日、海に行ったり、瓦礫の中を歩き回ったりして探していました。ふたりの遺体が見つかったのは震災から一カ月後でした。葬式では泣き通しでした」

木下は溜め息をつき、

「その後は、いっしょに仮設住宅で避難生活をしましたが、宇田川さんは毎日悲嘆にくれていました。そのまま病気になってしまうんじゃないかと心配でした。私のほうも、なんとか会社を立て直したいと思いましたが、港の水揚げも減り、商売の復活の目処《めど》が立ちませんでした。それで、とうとう会社の再興を諦め、私は妻とともに娘夫婦のところに行くことになったのです。そのことを、宇田川さんに告げたら、ここにいるのは苦しいから堺市にいる親戚のところに行くと言い出したのです」

「堺市ですか」

「そうです。もう実家はなくなっていましたが、叔父さんが住んでいるということでした」

「叔父さんは宇田川さんを受け入れてくれたのですね」

京介は確かめる。

「そうでしょう」

「堺市でどんな暮しをしていたのでしょうか」

「さあ、わかりません」

「仕事を見つけたのでしょうか」

「たぶん、叔父さんの家に厄介になりながら、毎日ぶらぶらしていたんじゃないでしょうか。それが去年の十二月に電話があって、東京でもう一度やり直そうと思うと言ってきました。やっと再起に向けて動きだしたと喜んでいたのですが」

「こちらに一カ月近く、世話になっていたそうですね」

「ええ、どうせなら正月をいっしょに過ごそうと誘ったんです。正月をひとりで過ごすのは寂しいでしょうから」

「娘さん御夫婦は他人が住むことにいやな顔をしなかったのですか」

「ええ、娘夫婦も宇田川さんのことを知っています。私には命の恩人だし、宇田川さんも私に恩義を感じており、実の兄弟のようでしたから、ほんとうに楽しい一カ月間でした」

「北大塚のアパートは宇田川さんが探したのですか」

「そうです。ときたま出かけていました。それで一月半ばにここを出ていきました。まさか、あんなことになるとは……」

「アパートに移ったあと、連絡は？」

「ときたまありました」

「そのときの様子はどうだったのでしょうか」

「いえ、ふつうでした」

「隣人と揉めているような話は？」

「いえ、ありません」

「堺市で、東京に出てくるきっかけが何かあったのでしょうか」

「気持ちの整理がついたのではありませんか」

「そうでしょうね」

ふと思いついて、

「堺市の親戚の家がどこかわかりますか」

と、きいた。

「待ってください。去年の年賀状があります」

そう言い、木下は立ち上がった。そして、部屋を出ていき、しばらくして戻ってきた。

「ありました」

そう言って、年賀状を寄越した。

「お借りします」

その住所を控えた。

年賀状を返してから、

「宇田川さんに頻繁に会っているひとがいたかどうかわかりませんか」

「いえ、誰もいなかったと思いますけど」

「藤木利香という名前を聞いたことはありませんか」

「いえ」

木下は首を横に振った。

「そうですか。わかりました」

「私にはまったくわからないのです」

「何がですか」

「宇田川さんが隣人と諍いを起こしたことです。話に聞いた限りでは別人ですよ」

「これまでの宇田川さんに突然、叫びだすとか乱暴になるとか、そのようなことはなかったのですか」

「ありません」

家族を失った嘆き、悲しみ、そして救えなかった後悔、自分だけが生き残った罪悪感などに地震や津波の恐怖などが相俟って心の深層に傷が残っている。それがふいに噴き出して、他人に攻撃的になることはなかったのだろうか。

「確かに、夜中に目を覚まして急に喚いたりすることはありました。ですが、他人に攻撃的になるなんてありません。逆に、沈み込んでしまうことが多かったようです」

すると、なぜ宇田川は森塚に対しては苦情を言い続けていたのだろうか。ドアの開閉の音がうるさかったそうだが、森塚の左隣の部屋の住人はがまんしていた。なぜ、宇田川は我慢出来なかったのか。

まさか、宇田川と森塚に何か関係が……。

木下の家を辞去したあとも、京介はそのことを考えた。

浅草橋の駅に着いたとき、携帯が鳴った。皆川検事からだった。

「藤木利香の承諾がとれた。会ってもいいそうだ。電話番号を言う」

「ありがとうございます」

京介は急いで手帳を取り出した。

第三章　再びの赤穂

1

藤木利香が待ち合わせに選んだのは、新橋にあるホテルのカフェだった。

虎ノ門の事務所から歩いた。だいぶ日が延びて、午後五時過ぎでもまだ明るい。街路樹にも春の息吹が感じられる。

ホテルに入り、カフェに向かう。まだ待ち合わせ時間には早い。だが、案外と混んでいて、空席は奥の柱の陰にひとつだけだった。

そこに向かいかけたとき、左手の壁際に座っている女性に目が行った。ショートヘアの女性だ。二十七、八歳。

どこかで会ったことがある。一瞬、そう思ったが、どこで会ったかはわからない。

その女性が腰を上げ、軽く会釈をした。

京介は近づいて行き、

「藤木利香さんですか」

と、確かめた。

「はい。藤木です」

大きな黒目で見返してきた。勝気そうな印象だ。

「弁護士の鶴見京介です」

お互いに腰をおろしてから、

「早かったのですね」

と、京介はきく。

「ええ」

警戒しているのか、利香は口数が少ない。

ウエーターにコーヒーを注文してから、

「きょうはお時間を作っていただき、ありがとうございます」

と、京介は頭を下げる。

「お話って、なんでしょうか」

やや切り口上で、彼女は話を促した。

「森塚翔太のことです」

「検事さんにも話しましたが、私は森塚から逃げている身なんです。彼の話は正直迷惑なんです」

「申し訳ありません。森塚はいつまであなたを探していたのですか」

京介は相手を刺激しないように注意しながらきいた。

「ずっとです。執念深く、私がどこに逃げようが、必ず追ってきました。無気味なくらいに探し出すのです」

「今年に入ってからも、そうでしたか」

「そうだと思います。私は去年の十一月に別のところに引っ越しました。でも、そこも見つかるのは時間の問題だと思っていました」

「失礼ですが、あなたには恋人がいらっしゃるそうですね」

「ええ」

「その方のことを、森塚は知っているのでしょうか」

「わかりません。森塚は私の居場所を見つけても、すぐには現われません。私の行動を尾行して調べ上げてから目の前に現われます。ですから、彼とのことは見られていたかもしれません」

「彼は、森塚のことは？」

「知りません」

「失礼ですが、今はその方とは？」

「いっしょに暮らしています」

「いつからいっしょに？」

「去年の十一月です」

「ああ、ひょっとして去年の十一月に別のところに引っ越したというのは、その方のところに移ったということでしょうか」

「そうです。あの」

利香が鋭い目を向けた。

「森塚は私のことを何と言っているのですか」

「彼は、縒りを戻したいと思っているようでした」

「………………」

「森塚があなたの恋人に接触した可能性はありませんか」

京介は確かめた。

「そんなこと、ありません。それだったら、私に話します。話さなくても、そんなことがあれば様子でわかります。彼は森塚のことはほんとうに知らないのです」

「じつは……」

京介は少し迷ってから、

「森塚はあなたを、法廷に呼び出そうとしているのではないかと思えるのです」

と、思い切って口にした。

「えっ、どうしてですか。事件に関係ないのにですか。まさか、情状酌量のために私に証人になれと」

利香は青ざめた顔できく。

「いいえ。森塚はあなたの恋人が被害者に森塚の殺害を依頼したと、訴える可能性があるのです」

「ばかばかしい」

利香は口元を歪めて吐き捨て、

「証拠もないのに、そんな訴えが通るのですか」

と、抗議をする。

「彼はあなたに会うためにはなんでもやるでしょう。そして、弁護人である私にもそれを実行させようとするかもしれない。彼の横暴を押さえるためにも、彼の言い分に根拠がないことをわからせたいのです」

それは、自分に対しても言えることであった。弁護士として何の調べもせずに森塚の訴えを退けたら、あとあとまで気になって仕方なくなる。そうなることが目に見えている。

「お願いです。あなたの恋人という方に……」

「困ります。こんなトラブルを抱えた女とはいっしょになれないと言われたら、どう責任をとってくれるのですか。あなたは、あの男といっしょになって私を苦しめようとしている。あの男の手先です。あなたは森塚という男を知らないんです。森塚は自分の思い通りにならなければ、自棄糞《やけくそ》になってなんでもする人間です。あんな男に加担して、私を苦しめる権利はあなたにありません」

利香は表情を強張らせ、言い過ぎたことに気づいたのか、

「すみません。興奮して」

と、あわてて謝った。

「いえ、あなたの仰る通りです」

京介は素直に応じた。

確かに、森塚に振りまわされている感は否めない。だが、それには理由もある。宇田川のほうが森塚を殺そうとしたという森塚の訴えが気になっている。宇田川が森塚の隣の部屋に引っ越してきたのは偶然なのかどうかも問題になる。

利香は顔を横に向けた。その横顔を見た瞬間、京介は声を上げげそうになった。

「あなたは……」

「えっ、何か」

「いえ、なんでもありません」

京介は言葉を引っ込めた。

去年の十月末に赤穂に行く電車の中で見掛け、歴史資料館の駐車場や三宮の交差点で見た女性に似ていると思ったのだ。

ただ、あのときの女性は髪が長かった。そのせいか、どこか神秘的な印象だったが、目の前の女性ははつらつとした感じだ。

「では、私はこれで」

利香は立ち上がった。

「あっ、会計はこちらで」

「では、ごちそうになります」

利香は颯爽《さっそう》と去っていく。その後ろ姿が、赤穂で見かけた女性の背中と重なった。あのときの女性に間違いないような気がした。しかし、追っていって確かめるまでもなかった。事件とは何の関係もないことだ。

京介も伝票を持って立ち上がった。

会計をしてカフェを出ると、トイレのあるほうから利香がやって来た。京介を見て、軽く会釈をして脇を通り抜けた。

「藤木さん」

京介はつい声をかけていた。

彼女が立ち止まった。

「すみません。つかぬことをお伺いしますが、あなたは去年の十月二十六日、播州赤穂に行きませんでしたか」

利香が目を見開いている。

「赤穂線の電車の中で、あなたに似た女性を見かけたので、もしやと思いまして」

「そうですか。行きました。ちょっと興味があったので。では、失礼します」

最後は突き放すように言い、利香は回転ドアに足早に向かった。その背中は、京介が追ってくるのを激しく拒絶していた。


翌日、京介は森塚翔太に接見した。

接見室で待っていると、係員に連れてこられた森塚は、入口で立ち止まった。係員に背中を押されて透明な仕切りのところまでやって来た。

椅子に座って、森塚は首をまわし、それから口を開いた。

「先生。俺なんかのために貴重な時間をつぶさなくていいんですよ。もう、俺には弁護をしてもらう必要はないんですから」

「ちょっと確かめたいことがあるんです。あなたは、藤木利香さんの恋人を知っているんじゃありませんか」

森塚の言葉を聞き流し、京介は確かめた。

「なんで、そんなことをきくんですか」

森塚は反対にきき返す。

「あなたが、なぜ罪を認めたのか、気になるのです。もしかしたら、裁判であなたは自白を否認するつもりではないか。そんな気がするのです」

「だって、俺ひとりが騒いでもだめでしょう。先生がその気になってくれなければ。でも、先生はそんなことをしてくれない」

森塚は冷笑を浮かべた。

「どういうことですか」

「先生が力を貸してくれないとわかったから、俺は諦めたんですよ」

「私は、あなたの力になるために弁護をしてきました」

「でも、俺の言いなりにならなかった」

「私は真実を……」

「真実ってなんだ？」

森塚はむきになって、

「真実ってのはみんなが納得するものがそうなのか。誰もが信じてくれなきゃ、それは真実ではない。そんな程度だ。俺は真実を訴えてきた。だが、誰もとりあっちゃくれない。真実とは認められないからだ」

「あなたは、真実を述べていると？」

　京介は呆れたように問い返す。

「そうだ。最初から真実を言っていた。宇田川が包丁を持って俺を殺そうとしたとね。だが、誰も信用しようとしない。だから、利香が背後で宇田川を操っていると言ったんだ。真実をそのまま語っても信じてもらえない。だったら、想像を交えたほうが真実らしく見える。そう思ってね」

　ふん、と森塚は鼻で笑った。

「だが、それでも信用してもらえない。はっきり、わかった。この世に真実なんてありゃしないんだ。そう思ったら、急にばかばかしくなった」

「…………」

「先生。もし、俺を殺そうとするものがいたら、それは利香だ。だが、証拠はない。利香は恋人が出来た。結婚するつもりだ。俺がふたりを殺すと思い、先手を打って俺を殺そうとした。そのことがまったくわかってもらえなかった」

　自嘲してから、

「だから、俺は利香に負けたと言ったんだ」

　と、森塚は吐き捨てた。

「ドアの開閉とか、ゴミ出し云々は言いがかりだったと？」

「そうだ。俺は文句を言われたからドアの開け閉めには注意をするようになった。それなのに、ますます苦情を言うようになった。考えてみたら、へんな話だ」

「確かに、ドアの音は左隣の部屋の住人も聞いている。その住人は我慢できて、宇田川さんだけが我慢できなかった。ゴミ出しはアパート全体の問題なのに、宇田川さんだけが抗議をしている」

「そうさ。俺はアパートの人間に好かれてはいなかったけど、迷惑もかけていなかった。宇田川が引っ越してきてからだ。おかしくなったのは」

木下は、宇田川が隣人と揉めたことを理解できないと言っていた。他人に文句を言うような人間ではない宇田川がなぜ……。

震災の何らかの後遺症で、精神のバランスが崩れ、常にいらいらして些細なことで急に怒りが爆発するようになっていたのかとも考えてみたが、他の住人とはうまくやっている。森塚翔太にだけだ。

「仮の話です。藤木利香さんがあなたを殺そうとしたとしましょう。その場合、利香さんが宇田川さんに殺害を依頼したことになります。まず、ふたりはどういう関係だったのか。どうして、宇田川さんは依頼を引き受けたのか。さらに、まるで自分が犯人だと容易にわかるような殺害方法をなぜ選んだのか。いくつもの疑問が出てきます」

「………」

「利香さんと宇田川さんに繋がりがあるとしたら、なんでしょうか」

「わからない」

「利香さんはどこの出身ですか」

「神戸らしい。七歳から東京で暮らしていると言っていた」

「神戸のどこだかわかりますか」

「いや、わからない」

「宇田川さんは西宮市に住んでいたそうです。阪神淡路大震災のときには三十二歳。利香さんは七歳。接点はなさそうですね」

しかし、関西地区に住んでいたことは気になる。

「利香さんの両親は？」

「ふたりとも彼女が小さい頃に亡くなっているみたいだ。大阪に親戚がいるって言っていたけど、あまり付き合いはないようだ」

「小さい頃に亡くなっている？　七歳から東京で暮らしていると言ってましたね。東京では誰と暮らしていたんでしょう？」

「父親のほうの親戚じゃないのかな」

「利香さんが七歳のときに東京の親戚に引き取られたということは、彼女の両親が震災で亡くなったからでしょうか」

「彼女は、親のことはまったく話さないのでわからない」

彼女の親は年齢的にいって宇田川と同年代ぐらいだろう。親同士が知り合いということがあるだろうか。だとしたら、利香は子どもの頃に宇田川と会っているはずだ。

だが、宇田川は震災から一年後に宮城県女川に移り、利香は東京に引っ越しをした。長じてからもふたりに出会う機会はなさそうだ。

「利香さんは東日本大震災のボランティアをしたことは？」

そこで再会したという可能性を考えたのだ。

「ないはずです」

「そうですか」

「宇田川を知っているのは、利香の恋人かもしれない」

森塚は口元を歪めて言う。

「仮にそのひとが宇田川さんと面識があったとしましょう。どうして、宇田川さんはその男性の依頼を引き受けたのでしょうか。殺人ですよ」

「………………」

森塚は首を横に振った。

「俺もいろいろ考えたけど、結局わからないんだ」

「藤木利香さんのこと以外で、何か思い当たることは？」

「思い当たることはない」

「よく考えて。今までは利香さんのことばかり考えていたでしょうが、他にもあるかもしれないと考えたら」

「だめだ」

「あなたには、利香さん以外に女性は？」

「そんなもの、いるわけないでしょう」

「過去に付き合った女性は？」

「殺されるような真似はしてない」

急に、森塚は頭を抱えた。

「森塚さん。もう一度、初心に返って、実際にあったことだけを話してくれませんか。何の脚色も加えず」

「話したって信じてくれないでしょう」

「諦めてはだめです。どうせ自供したのではありませんか。だったら、もう怖いものはないはずです」

「いや、信じてもらえないことが一番怖い」

「そうですね。だったら、あなたは私を信じて。さあ、話すのです」

「無駄だ」

森塚は厳しい表情で首を横に振った。

「あなたが、最初に私に話してくれたのはこういうことです」

京介は手帳のメモを読み上げた。

「引っ越してきた数日後から、宇田川はいろいろ文句を言った。最初は夜中にドアの開け閉めが乱暴でうるさいと。その次の日も廊下で会ったら同じことを言った。ゴミ出しのときも、ゴミの日が違うと文句を言った。いい加減、頭にきて、いちいちうるさいと言ったら、胸ぐらを摑まれた。相手は体が大きいので力が強かった。だから、それからはなるたけ、文句を言われないようにドアの開閉にもゴミ出しにも気をつけた。それでも、テレビの音がうるさいとか夜中にどたばたやるなとか苦情を言われ続けた。頭にきたけど、相手にしないようにした。そうしたら、あの事件の夜、アパートに帰ったら、どこからか見ていたのか宇田川が部屋から出てきて口論となり、ちょっと来いと公園まで連れていかれた。そこで、いきなり宇田川は殴ってきた。馬乗りになられて、何発も殴られた。そして、どこに隠してあったのか包丁を持ち出して刺そうとした。あなたは殺されると思った。包丁を持って迫ってきたとき、宇田川は足をすべらせて倒れた。その拍子に包丁を落としたのであなたはあわててそれを拾った。そうしたら、宇田川は石を握って襲いかかった。だから、とっさに包丁を突き刺した。それでもまだ迫ってきたんで、もう一度刺した……」

森塚は黙って聞いていた。

「この話に事実と違うところは？」

語り聞かせたあと、京介はきいた。

「だいたい、そのとおりだ」

「だいたい？　どこが違うんですか」

「刺したときのことを覚えていないんだ。特に二度目に刺したのが、相手が迫ってきたからか、かっとなってこっちが向かって行ったのか」

そのことは、正当防衛か過剰防衛かの境目になるかもしれない。

「三度目を刺そうとは？」

「その前に、相手はうずくまったから」

森塚は顔を突き出して、

「でも、誰もこんな話を信じない。腕力に勝る宇田川がどうして包丁を必要としたのか、そんなにうまく宇田川が足をすべらせたのか、どうして包丁の柄に宇田川の指紋がついていなかったのか。取調べでそれらのことをきかれた。答えられやしない。それでどうして、俺の話を信じてくれるのか」

森塚はいらだったようにまくしたてた。

「だから、もうだめなんだ。俺はもう終わりだ」

「まだ、機会はある。もう一度、事実を訴えるのです」

「事実っていったって」

森塚は不貞腐れたように吐き出す。

「相手が殺そうとしてきたことをもう一度訴えるのです。容疑を、改めて否認しなさい」

「否認？」

「そうです。公判になって否認しても理解してもらえません。いま否認するのです。そして、作り話はいけない。事実のみを話しなさい」

「事実のみって、さっき先生が言ったことしかない。あやふやなことしか」

「それでも、作り話よりはましです。いいですね。もう一度、否認をするのです。そして、最初に話したことが事実だと訴えなさい」

「無駄でしょう」

「最後まで諦めないことです。それが事実なら、きっと道は開けます」

京介は森塚を勇気づけた。

2

翌日。検事室に森塚翔太がやってきた。

手錠と腰縄がはずされるのを待って、皆川は口を開いた。

「また、供述を変えるのか。前回に自白したことを覆《くつがえ》すのか」

高木から、また森塚が供述を変えたと言って来たのだ。

「そうです。やっぱり、無実の罪をかぶりたくありません」

森塚は毅然《きぜん》として言う。

鶴見弁護士が諭したのだろう。

「だが、結果は同じだ。君の犯行だと客観的にも証明出来る。それとも、また藤木利香が宇田川さんを使って君を殺そうとしたと主張するのかね」

「いえ、そのことは撤回します」

「その可能性はないと？」

「わかりません。ですが、私にはどうして宇田川さんが私を殺そうとしたのか、まったくわかりません」

「いったんは罪を認めた。なのに、どうして今度は否認するのだ。そんなに言うことがころころ変わっては、何を信じていいのかわからなくなる」

皆川が相手の目を見て言うと、森塚は、皆川から目を逸らさなかった。

「今度こそ、本当のことを喋っています。宇田川さんはなんらかの理由で、私を殺そうとしたのです」

話が振り出しに戻っただけだ。

だが、法廷で自白を覆されるより、今の段階で否認されたほうがまだましだ。対応がとれるからだ。

「君は、宇田川さんが包丁を持って襲ってきたと主張しているが、包丁の柄からは宇田川さんの指紋は検出されていないのだ」

「あのとき、手拭いか何かを柄に巻いていた。だから、指紋はついていないんだ」

「何かを柄に巻いていたという証拠は?」

「現場に手拭いが落ちていませんでしたか」

「ない」

「そうだ。手拭いではない。手袋だ。手袋をはめて包丁の柄を握ったんです」

「残念だが、手袋も落ちていなかった」

「そんな……」

「いいかね。凶器の包丁は君の部屋にあったものだ。それをどうして宇田川さんが持っていたのだ?」

「ゴミを出しに行くとき、ドアの鍵はかけない。その間に、部屋に入って包丁を盗んだんだ」

「その証拠は？　みんな君の想像だ。いや、つくり話ではないのか」

「違います」

「いいかね。どんなに言い逃れをしようが、客観的には君が包丁を持って部屋を出て、宇田川さんに仕返しをした。そう考えるのが自然だ」

皆川は突き放すように言う。

「素直に罪を認め、すっきりしたらどうだ？」

「いえ。もう、決めたのです。ほんとうのことを言おうと」

森塚はまっすぐに目を向けた。

皆川は、今までの目付きと違うことを意外に思った。

「君は藤木利香が宇田川さんに殺人を依頼したというのは撤回すると言ったが、そもそもなぜ、そういうことを言ったのかね。彼女にいやがらせをしたかったのか、それとも、本気でそう思ったのか」

「本気でそう思いました」

「その根拠は？」

「私は警察から彼女への接近禁止を命じられたあとも、彼女の居場所を突き止め、部屋を見張っていました。そのとき、男を見かけたのです。親しそうでした。私は、彼女の部屋に、おまえもあの男も殺すと書いたメモを投げ込みました。利香は私を恐れたはずです。ほんとうに殺しを実行に移すかもしれないと思ったはずです」

「だから、その前に自分を殺そうとしたと考えたのか」

「そうです」

「君はほんとうに殺すつもりだったのか」

「いえ、男を殺すつもりはありません。利香を殺し、自分も死ぬつもりでした。そのことは、利香も十分にわかっていたと思います」

皆川はさっきから戸惑っている。森塚の印象が違うのだ。何か憑《つ》き物《もの》がとれたような顔つきだ。

「だから、利香には私を殺す動機がある。そう思ったのです。でも、それは当然です。自分の仕合わせを守るためには、そうする他にないですから」

「やはり、君は彼女が企んだことだと思っているんだな」

「いえ。そうは思っていません。彼女が私を殺したいと思っていることは事実でも、実際に行なうかどうかは別です。冷静に考えれば、私を殺すなら何もあんなまわりくどい方法をとらなくてもいいはずです」

「つまり、利香には君を殺す動機がある。だが、今回の事件は彼女とは関係ない。そういうことか」

「まあ、そういうことです」

「つまり、隣人同士の諍いの末の事件と、君も考えるのか」

「わかりません。もっと他に理由があったのかもしれません。私が知らないだけで、宇田川さんだけがわかっている動機が。宇田川さんが私を殺そうとしたことは間違いありません。信じてもらえないことはわかっています」

「信じてもらえないと思っているのか」

「ええ。無理もないです。状況からすれば、隣人同士の諍いの末に、かっとなった私が部屋から包丁を持ち出し、宇田川さんを刺したと考えるのが自然です。誰も、宇田川さんが私を殺そうとしたなどと思いません。私自身も、なぜ、宇田川さんに襲われなければならなかったのかわからないのですから」

森塚は冷静だった。

「では、君は自分の主張が受け入れられないと思っているのか」

「そうです。私の訴えを裏付ける証拠は何もありませんから」

森塚は力のない声で言う。

「このままでは、君は容疑を否認のまま殺人の罪で起訴されることになる。否認をしているのは反省の色がないということで、量刑にも影響する」

「はい」

「トラブルの末に刺したことを認め、情状酌量を求めたほうが、はるかに君にとって有利だと思うが？」

「わかっています。でも、いいんです」

「弁護士さんは、そのようなアドバイスはしなかったのか」

「いえ、まったく」

「そうか、しなかったのか」

「はい。たぶん、私の言うことを信じてくれたからだと思います」

「そうだろうな」

鶴見は信じているのだと、皆川も思う。

だが、いかに鶴見といえど、真相を見つけることは難しいだろう。

「私は……」

森塚がぽつりと切り出した。

「たとえ、どんな刑を言い渡されても受け入れるつもりです。ただ、事実は事実だと訴え続けていくだけです」

森塚が引き上げたあとも、皆川は考え込んでいた。

今までの不遜な態度の供述には端《はな》から疑っていたのだが、今は森塚の訴えが強く胸に迫ってくる。

いったい、これはどういうことなのだと、皆川は首をひねった。自己中心的で、自己弁護に徹していた森塚は明らかに変わった。

勾留生活が、藤木利香に対しての執着心を徐々に薄めていったのだろうか。

「検事。何をお考えですか」

正田が声をかけた。

「森塚のことです。今までと様子が違うと思いませんでしたか」

「ええ、別人です」

正田も驚いたように言う。

「どう思いますか」

皆川は感想を求めた。

「芝居とは思えません。素直な自分を出しているように思えました。いったい、何があってあんなに変わったのでしょうか」

「変わったのではなく、藤木利香に対しての執着心がなくなったんじゃないでしょうか。勾留の日々が長くなり、もう彼女に会うことは叶わない。そう諦めたのか、だんだん冷静になっていったのか」

「そうかもしれませんね」

会社時代の上司や同僚の話では、森塚は真面目で明るい男だったという。藤木利香に会ってから森塚は変わったのだと言う者もいた。

藤木利香に執心するあまりに理性を失い、森塚は己を見失っていたと言えるかもしれない。皆川はそのことを口にした。

「藤木利香への執着がなくなって、森塚は自分を取り戻したということですか」

「ええ。そうだとすると」

皆川は顔をしかめた。

「森塚の供述の信憑性ですね」

「そうです。自分を取り戻してもまだ嘘をつき続けるでしょうか。森塚の訴えが、もし事実だとしたら……」

皆川は困惑した。

「もし、事実だとしたら、我々はまったく事件の真相を摑んでいないことになります」

宇田川と森塚の関係。宇田川が森塚を殺そうとした理由。何もわからないのだ。

「まさか、森塚は捜査の混乱を狙って大芝居を打ったということは？」

「いや、芝居ではない。彼は本心を語っていたように思えます」

「そうですね。私も同感です。すると、事件は……」

正田も眉間にしわを寄せた。

事件は振り出しに戻ったのか。それとも、森塚は天性のペテン師なのか。我々を翻弄しているのか。
その答えは、宇田川に森塚を殺さねばならなかった事情があるかどうかにかかってい
る。宇田川の経歴と森塚の経歴から、ふたりに接点がないことはわかっている。そこで、
問題になるのは、森塚の主張のように藤木利香のことだ。
確かに、彼女にはストーカーの森塚が恐怖であったに違いない。宇田川を使って森塚
を殺そうとしたことは考えられないことではない。
そこまではいい。しかし、ふたりにも接点はない。宇田川は十九年前から宮城県女川
町で暮らし、東日本大震災のあとに堺市に移った。
一方、藤木利香は七歳から東京で過ごし、現在にいたっている。ただ、ふたりの出会
いは、あることで可能になる。
利香が東日本大震災のあとにボランティアで宮城県に出かけていた場合だ。そこで、
利香は家族を亡くした宇田川と出会った。
未曾有《みぞう》の大災害を二度も経験し、家族を失った悲しみに、心に深い傷を負っていたは
ずだ。その傷にうまくつけ入り、利香は宇田川の心を支配した。
その可能性もなくはない。だが、そうだったとしても、そのことを証明するのは至難
の業《わざ》としか言いようがない。
また、もうひとつの可能性が利香の恋人だ。彼が宇田川と繋がっていた可能性もある。

やはり、利香の恋人から事情を聞く必要がある。そう思った。

新たな勾留が認められたが、それでも期限まであと十日もない。その僅かな期間で何が出来るか。ぎりぎりまで、調べるしかなかった。


夕方になって、皆川は警察署に出向き、高木警部補らと今後の対策を練った。

警察の見方は、森塚がまた大芝居を打ったというものだった。

「再び否認をすれば、我々が藤木利香と宇田川洋一との関係を調べ上げ、両者につながりがないことを証明してしまう。それをさせないために、裁判までの引き延ばしを図ったのではないでしょうか」

高木警部補が言う。

「裁判で、自白を覆し、藤木利香のことを持ちだしても、警察が調べていなければ、森塚の主張に、もしやと思う裁判員も出て来るでしょう」

「でしたら、はじめから罪を認めておいたほうが、森塚にとっては有利だったのでは？」

「いえ、裁判ではじめて利香のことを持ちだすより、取調べの時点で、そう主張していたという事実を残しておいたほうが、効果があると考えたのではないでしょうか」

「私の印象では、勾留生活が続き、だんだん藤木利香に対しての執着心がなくなり、ついに彼女のことを諦めた。そこで、自分に正直になったような印象を受けたのですが」

「検事さんは、森塚の供述が事実だと？」

「その可能性は、十分にあるのではないかと思います」

「しかし、その証拠はどこにもありません。実況見分調書や被害者の解剖所見からも、森塚が刺したことは明白です。凶器からも、被害者の指紋は検出されませんでした」

「ええ、そうですが」

「検事さん。どうですか、このままでも公判の維持は可能だと思うのですが」

刑事課の課長が口を挟んだ。

「ええ、可能です。ただ、ひょっとしたらという思いもあります。藤木利香と宇田川洋一は年齢も違いますし、接点もありません。しかし、ふたりとも関西出身です。利香の父親は宇田川と同年代と思われます。ふたりが顔見知りだったとしたら、利香と宇田川に結び付きが出てきます」

「利香の父親ですか」

高木が息を呑む。

「もし、このことを裁判で持ちだされたら、森塚の言い分に信憑性を与えかねません。ぜひ、利香の父親のことを調べていただけませんか」

「わかりました」

両者に関係がなければそれでいい。仮にあったからといって、殺人を依頼するような間柄とは思えない。

だが、当然、調べておかねばならないことだった。

3

土曜日の昼前、京介は堺駅に下り立った。

早朝、東京を発ち、新大阪から大阪駅、新今宮駅を経て堺にやってきた。きのうまでの雨が上がり、空は青く澄んでいる。

堺は信長が現われるまでは中世の自由都市で、南蛮貿易など貿易港として栄え、会合《えごう》衆《しゅう》と呼ばれる商人により自治が行なわれていた。この堺で有名なのは千利休《せんのりきゅう》だ。堺の納屋衆《なやしゅう》の家に生まれ、信長、秀吉の茶頭《さどう》として仕えた。

京介はかねてから訪れたい土地であったが、今回は観光が目的ではなかった。駅前からタクシーに乗り、鉄砲鍛冶《かじ》屋敷まで行ってもらった。

その近くに、宇田川洋一の叔父の家があるのだ。

大道筋の通りから町家の中の細い道に入る。いたるところに刃物製作所の看板が見える。

「堺は刃物の町です」

タクシーの運転手が教えてくれた。

「南蛮貿易で鉄砲などとともに煙草《タバコ》が入ってきて、煙草を刻む煙草包丁の生産が盛んだったんですよ」

堺が鍛冶の技術が優れている由来を説明してくれる。

「堺が刃物の町だというのは知りませんでした」

「そこが鉄砲鍛冶屋敷です。中は公開していませんが」

「はい。そこで、結構です」

京介はタクシーを下りた。

瓦屋根の木造の屋敷の前に行く。戦国時代、堺は日本一の鉄砲生産地だった。この鉄砲鍛冶屋敷は、唯一現存する江戸時代の鉄砲鍛冶工房だという。

京介はそこから携帯で、宇田川洋一の叔父に連絡をした。

「弁護士の鶴見です。今、鉄砲鍛冶屋敷の前におります」

「すぐお迎えに上がります」

宇田川の叔父が答えた。

五分ほどで、七十近い男がやってきた。美しい白髪だ。

「宇田川ですが」

「鶴見です。きょうは押しかけてすみません」

「いえ、どうぞ」

叔父は自宅に招じてくれた。

古い家並みの中で、現代的な家だった。

玄関を入ったところにある部屋に通された。

「洋一の実家はこの先にあったんですが、今はありません。私の兄、洋一の父親も母親も七年前に亡くなり、洋一も帰ってくる気がないので、処分しました」

「若い頃、洋一さんはここで暮らしていたのですか」

「いえ、西宮にアパートを借りて、住んでいました。会社がそっちにありましたから。たまに、ここに帰ってきていました」

「洋一さんは阪神淡路大震災の被害に遭われたそうですね」

「そうです。ただ、同じ西宮でも被害が甚大だったところとそうでないところに分かれていて、洋一が住んでいたところはそれほどの被害はなかったそうです。でも、知り合いのところに行っていて、地震に遭ったそうです。知り合いは亡くなったそうで、かなりショックを受けていました。こっちに帰ってきて、仕事もしないで毎日ぼうっとしていました」

叔父はしんみりと言う。

「こちらにはどのくらいいたのでしょうか」

「半年ほどですね」

「その間、仕事は？」

「仕事が出来る状態ではなかったですね。魂の脱け殻のようでした。震災の被災者支援の精神科の先生に診てもらいましたが……。心のケアが大切だということですが、具体的には何をしていいのか、親もわからなかったようです。それでも、徐々に回復していったみたいで、震災から一年経ったころ、旅行をしてくるといって出かけました。一カ月後に、宮城県の女川町で暮らすことになったと連絡が来たそうです。親切な会社の社長さんの世話になっているようで安心だと親が話していたのを覚えています」

　木下恒吉のことだ。

「そのうちに結婚することになり、私も洋一の両親と女川に行き、結婚式に列席しました」

「洋一さんのご両親は、お孫さんとは？」

「孫には会えました。ふたりが亡くなったのはその後ですから。でも、その孫も、あの地震のあとの津波で……」

　叔父は嗚咽をこらえた。

「津波は洋一のすべてを奪ってしまったんです。二度も大震災に遭うなんて。女川からここに戻ってきた洋一の心はぼろぼろでした」

「ここに戻ってきたのは？」

「三年前です。それまで避難生活を送りながら、妻子を探し続けていたのです。一カ月後にやっと妻子が見つかったあともふたりの供養のためと、家族の思い出の詰まっている土地を離れられなかったようですが……」

叔父は声を詰まらせながら、

「二十年前はまだ両親が生きていました。でも、今はいません。実家も処分してしまいましたから、帰るところはここしかありませんでした。洋一のことに親身になってやれるのは私ぐらいしかいません。私の息子たちも自分の家族のことで精一杯ですから、洋一にまで目をかけられません。洋一もここでは肩身が狭かったんです。だから、一年も経たずにここを出ていきました」

「出ていった？　どこにですか」

「赤穂です」

「赤穂？　播州赤穂ですか」

耳を疑い、京介は問い返した。

「そうです。赤穂義士の赤穂市です」

藤木利香も赤穂に行っているのだ。利香は宇田川に会いに行ったのではないのか。京介は興奮を押さえながら、

「洋一さんはどうして赤穂に行ったのですか。誰か知り合いがいたのでしょうか」

「いいえ、私が勧めたのです」

「あなたが？」

「ええ。老人会の仲間と赤穂に行ったことがあるんです。そのときにもらった赤穂市の観光ガイドブックの中に、定住の誘いがあったんです」

「定住の誘いというのは？」

「赤穂市では、市外から移り住んでくるひとを歓迎しているのです。行ってみてわかりましたが、自然が豊かなだけでなく、医療関係も整い、水道料金も安く、暮らしやすい土地です。かなり、他県からも引っ越してきて住んでいるひとも多いようです」

「市で勧誘しているのですね」

「そうです。市役所に、そういう課があります。助成金も出してくれるようです」

「そうなんですか。で、洋一さんは、すぐ行く気になったのですか」

京介は何か手応えを感じながら続けた。

「ええ。ここで肩身の狭い思いをして暮らしていくのには耐えられなかったこともありますが、静かに暮らしていきたいと思ったんじゃないですか」

「住む場所は？　家を手に入れるにしても、それなりに元手も必要なのでは？」

「市営団地に特別に許可を得て入れてもらいました」

市営団地は単身の場合、六十歳以上が入居の条件ということだが、宇田川洋一は阪神淡路大震災と東日本大震災の両方の罹災者であり、特に東日本大震災では妻子を失い、心に深い傷を負っているということもあり、特別に入居を許されたという。

「仕事は？」

「市の臨時職員とか、いろいろあるので心配はいらなかったようです。それで、一昨年の三月、赤穂に引っ越したんです」

「三月ですか。で、三月からいつまで？」

「去年の十二月の半ばまでです。その頃に、東京の木下さんのところに行きましたから」

去年の十月二十六日には、まだ宇田川は赤穂にいたのだ。

藤木利香はどうして宇田川洋一が赤穂にいることを知っていたのだろうか。宇田川が知らせたのか。

「つかぬことをお伺いしますが、藤木利香という女性をご存じではありませんか」

「いえ、知りません」

「聞いたことも？」

「ありません」

「そうですか」

「以前に検事さんからもきかれたことがありますが、その女性はどんな方ですか。女川町の町役場のひとでしょうか」

　叔父が確かめるようにきく。

「いえ、違いますが。どうして、女川町の町役場のひとだと？」

　京介は聞き咎めた。

「去年の秋に、女川町の町役場の女性から、住人の追跡調査をしていると電話があったんです。木下海産物加工卸会社で働いていた宇田川洋一さんはいるかということでした」

「町役場の女性ですって？」

「はい。そう名乗りました」

「それで、赤穂の新しい住いを？」

「ええ、住所と電話番号を教えました」

　利香だ。女川町の町役場の職員を騙《かた》り、宇田川洋一の居場所を突き止めたのだ。

「その電話があったのは去年の秋だということですが、具体的に何月かわかりませんか」

「そうですな」

　叔父は首を傾げた。

「そうそう、去年自宅で、堺の文化財特別公開がはじまるまであと一カ月だという話をボランティア仲間としていました。そのとき、電話があったんです。私は去年まで、観光ボランティアガイドをしていたんです。文化財特別公開は十一月十四日からでした」

「すると十月半ばごろですね」

計算は合う、京介は心臓の鼓動が激しくなった。

十月二十六日に、利香は赤穂に下り立っている。宇田川洋一と利香が繋がっている可能性が出てきた。

しかし、ふたりはどのような関係だろうか。

「洋一さんが西宮にいた頃、働いていた会社はどこだったのでしょうか」

「西宮というだけで、会社の名前は知りません」

「当時の洋一さんをよく知る方をご存じではありませんか。会社の同僚だとか、学生時代の仲間だとか……」

「いえ、私はわかりません」

「そうですか」

親ではないのだから、そこまではわからないだろう。

年齢差のあるふたりに接点があるとすれば、利香の父親だ。宇田川洋一と利香の父親が交友関係にあったとしたら、洋一は幼い利香を知っていた可能性が高くなる。

しかし、父親の知り合いというだけで、宇田川は利香の願いをきいて人殺しを引き受けるだろうか。

宇田川と利香の父親には何か深い繋がりがあったのかもしれない。だとしたら、そのことを探らない限り、利香の殺人依頼を証明することは出来ない。

利香は七歳まで関西にいたという。どこに住んでいたのだろうか。

「どうも長い時間、お話をお聞かせくださり、ありがとうございました」

「いいえ、お役に立ったかどうか。鶴見さんは堺ははじめてですか」

「はい。はじめてです」

「そうですか。よいところがたくさんあります。千利休の生まれた町ですので、利休に関連する場所も多いです。武野紹鷗《たけのじょうおう》や千利休が禅の修行を行なった南宗寺には、利休好みの茶室が、妙國寺には織田信長を恐れさせたという伝説の、樹齢一一〇〇年余りの大蘇鉄《おおそてつ》がございます。伝説といえば、南宗寺には徳川家康のお墓もあるのですよ」

「え、家康のお墓？」

「大坂夏の陣で、茶臼山の激戦に敗れて駕籠で逃走する途中、後藤又兵衛の槍に突かれ、堺まで逃げたものの、既に絶命していたというのです」

史実とは違うが、ここに家康の墓があるのは面白いと思った。興味を惹かれるが、宇田川洋一と藤木利香の関係が頭から離れない。

玄関で靴を履いてから、

「洋一さんの遺骨は？」

と、京介はきいた。

「女川町のお寺に埋葬しました。一刻も早く妻子といっしょにしてやりたいと」

「そうでしたか。では、失礼します」

帰りは路面電車に乗って堺駅まで戻った。

大阪まで来たので、宇田川洋一が西宮時代に勤めていた会社や、利香が七歳まで住んでいた場所に行ってみたかったが、場所がわからない。

京介は大阪から播州赤穂への直通の新快速に乗った。まさか、こういう形で、再び赤穂を訪れるとは思わなかった。

一時間四十分ほどで赤穂に着いた。一時を過ぎている。

改札を出てから駅と直結している『プラット赤穂』という商業施設の中にあるラーメン屋で塩ラーメンを食べてから、歩いて宇田川洋一が住んでいた赤穂市中広《なかひろ》にある市営団地に向かった。

赤穂城跡を目にしたとき、河島美里の言葉を思いだした。

いつか、もう一度、赤穂に行くことがあったら、私も連れていってくださいませんか。行ってみたいです。彼女はそう言った。

まさか、仕事でまたやってくるとは予定外だった。

赤穂城跡を過ぎ、野球場や総合体育館などを右に見て、左手前方に市民病院の建物が現われ、やがて市営団地に着いた。

大きな建物が四棟並んでいる。宇田川洋一が住んでいたのは四号棟の六階だ。

四号棟はまだ空き室があるようで、名札がついていない郵便受けが多かった。

エレベーターで六階に上がる。六階二号室のドアホーンを押す。牟田《むた》という表札が出ていた。すぐに六十半ばぐらいの男が出てきた。太い眉毛も白くなっている。

「突然、申し訳ございません。私は東京から来た弁護士の鶴見と申します」

そう言い名刺を差し出す。

「ひょっとして、宇田川さんの件？」

「はい」

「まあ、入りなさい」

「すみません」

相手の好意に甘えて、暖房のついている部屋に上がった。

「これ」

座布団を出してくれた。

「ありがとうございます」

牟田は茶をいれながら、

「まさか、震災で助かったのに、あんなつまんないことで命を落とすなんて」

と、やりきれないように言う。

「事件をご存じでしたか」

「ええ、ニュースで。宇田川洋一という名前を見て、ぴんときた。年齢も合っているし、なにより、東日本大震災の罹災者って書いてあったからな」

「牟田さんは宇田川さんとは？」

「隣同士だからよく話したよ。もっとも、彼は無口だったけどな。それも無理はない。あんな悲惨な目に遭っているんだから。どうぞ」

牟田は湯呑みを差し出した。

「いただきます」

京介は湯呑みに手を伸ばした。

「宇田川さんがここにやって来たのはいつからですか」

「一昨年の三月だ。審査が済んでからでないと入居出来ないからな」

「宇田川さんのこちらでの暮しはどんなでしたか」

「そこのベランダから外を見てみな。千種川《ちくさがわ》から瀬戸内海が一望出来る。毎日、こんな素晴らしい景色を見ているんだ。心は癒されたはずだ。やって来た当初より、ずいぶん穏やかな顔になっていたものな」

「じゃあ、ここでの生活を満喫していたんでしょうか」

牟田は喉を鳴らして茶を呑んでから、

「そう。ここにやって来てほんとうによかったと言っていたよ。ここに、ずっと住み着くつもりだったんじゃないかな。だって、いつか妻と子の遺骨をこっちに移したいと言っていたもの」

「遺骨をこっちに？」

「そうさ。だから、ここに永住する気だったんだ」

「それなのに、急に東京に行きましたね」

「ああ、急だった。もう一度、やり直したいと言っていた。きっと誰かから誘われたんじゃないのかな」

「誘われた？」

「急だったからさ」

「誰に誘われたのだと思いますか」

「そりゃ、東北の仲間じゃないのか」

「宇田川さんに誰か訪ねてきたことはありませんか」

「いや、ここには誰も来ていないと思う」

「ここにはと言いますと？」

「いつだったか、思い詰めたような顔で、出かけていくのを見た。あんな顔を見たのははじめてだった」

「思い詰めたような顔ですか」

「青ざめていたかな。どうしたってきくと、ちょっと急用だと言って、赤穂城址のほうに向かった」

歴史博物館の前に、藤木利香が立っていた。あれは、宇田川を待っていたのだろうか。

「それはいつごろか、わかりませんか」

「それからひと月半ぐらいして、引っ越していったから、十月末近かったかな」

「十月二十六日では？」

「どうだったかな。日にちまではわからない。二十六日って何曜日だね」

「日曜日です」

「日曜……。あっ、そうだ。あれは月曜だ」

「月曜？　二十七日ですか」

「そうだ。思いだした。毎月最後の日曜はカラオケ同好会の集まりがあるんだ。だが、宇田川さんは集まりに来なかった。それで、廊下でばったり会ったので、きのうはどこへ行ったのかときこうとして声をかけた。だが、聞こえなかったのか、返事がなかった。間違いない。二十七日だ」

京介が見かけた次の日だ。だが、すぐ思いだした。二十七日の朝、三宮で、もう一度利香を見かけたのだ。

京介の湯呑みが空《から》なのを見て、

「もういっぱい呑むかね」

と、牟田はきいた。

「すみません。お願いします」

湯呑みを牟田に渡す。

「その後、宇田川さんの様子はどうでしたか」

「そう言えば……」

牟田は急須を使う手を止めて、

「なんだか、元気をなくしていた。廊下で声をかけても、上《うわ》の空《そら》のことが何度かあった。考え事をしていることが多くなったようだ」

「そうですか」

「どうぞ」

牟田は湯呑みを京介の目の前に置いた。

「それからひと月半ほどで、宇田川さんはここを引き払ったんですね。そのときの様子はどうでしたか」

「東京に行って仕事をはじめると言っていた。なんだか、吹っ切れたように表情も明るかった」

「吹っ切れたような明るさですか」

「そう」

牟田は頷いてから、

「いったい、彼に何があったんだね。隣人同士のトラブルってなっていたけど、あんなおとなしいひとが隣人とトラブルになるなんて信じられない。おたくは加害者の弁護をしているわけ？」

「そうです」

「せっかく再起しようってときに、無念だったろうな。加害者というのはどういう人間なんだね」

「まあ、ふつうの男性です」

答えづらいことに話題が移りそうなので、

「牟田さんはもともとこちらの方ですか？」

と、話を逸らすためにきいた。

「俺は静岡で商売をやっていたんだが、家内が亡くなってから商売をやめて、ここに引っ越してきたんだ。もともと忠臣蔵が好きでね、その赤穂で定住者を募っていると聞いて、迷わずここにやって来たというわけだ」

「どうですか」

「平地で、坂がないから年寄りにもやさしい。病院も近いし、買い物をするにも不便はない。暮らしやすいところだ」

牟田は満足そうに話した。

「そろそろ、失礼します」

もっと話し相手になってもらいたいようだったが、京介は礼を言って辞去した。

再び、赤穂駅から新快速に乗り、三宮に着いた。

京介は市役所の先にある『慰霊と復興のモニュメント』の広場に向かった。

今年の一月十七日は震災から二十年目で、各地で追悼の集いが開かれた。もう、神戸市の住人の半数近くが震災を知らないひとたちだという。

二十年経ち、住人が入れ代わり、やがて、震災を経験したことのない若い世代が大多数を占めるようになるのだろう。

そのためにも、震災を語り継いでいかねばならないのだ。

広場に着いて地下に向かう。犠牲者の名を刻んだプレートの前で足を止める。五十音順に並んだ名前を探し、目的の名前を見つけた。

藤木俊治、藤木一成、藤木進。藤木姓の男性は三人だ。この三人のいずれかが利香の父親なのだろうか。

外に出た。五時を過ぎて辺りは暗くなっていた。

京介は地下鉄三宮駅に向かった。新神戸に出て、東京に帰るのだ。もし、河島美里の都合がつけば、いっしょに食事でもと思ってきのう電話したのだが、彼女はあいにく仕事が入っているということだった。

帰宅時間で、駅の近くはかなりの人ごみだった。土曜の夜のせいか、カップルが目につく。

若い男女とすれ違った。その瞬間、京介ははっとした。女は美里に似ていた。振り返り、女の後ろ姿を見る。

女は男との会話に夢中で京介には気づいていない。果して美里だったかどうか、はっきりしない。後ろ姿は確認する前に人影に隠れた。

帰りの新幹線の中で広げた駅弁が、なかなか喉を通らなかった。

翌日曜日、京介は藤木利香の携帯に電話をした。

「はい」

無愛想な声が返ってきた。

「先日お会いしました弁護士の鶴見です。どうしてもお話をお伺いしたいのですが、お会いすることは出来ませんか」

「もう、お話をすることはありません」

「じつは、宇田川洋一さんが一昨年の三月から翌年十二月の半ばまで赤穂市の市営団地で暮らしていたことがわかったのです。そのことで、ぜひお話をお伺いしたいのですが」

「私には関係ありません」

「十月二十六日、二十七日にかけて、宇田川さんを訪ねてきたひとがいるのです。ちょうど、そのとき、あなたも赤穂にいらっしゃった」

「偶然です」

「そう思います。でも、そのことをあなたに会って確かめたいのです」

「私には関係ありません。失礼します」

「待ってください」

あわてて、京介は呼びかける。

「もし、あなたに会って私が納得すれば、それでことは済みます。でも、あなたに会えないのであれば、私は警察にこのことを調べてもらうように依頼しなければなりません。その煩わしさを避けるためにも、お会いくださいませんか」

半ば脅しかもしれないと思いながら、京介は頼んだ。

「…………」

彼女からすぐに返事はない。

「藤木さん。あなたのお父様は阪神淡路大震災の犠牲になられたそうですね。宇田川さんも大震災を……」

「わかりました。三十分だけなら」

利香が折れたように言う。

「すみません。どちらにお伺いすればよろしいでしょうか」

「この前と同じ新橋のホテルのカフェで……。二時に」

「わかりました。では二時に」


京介がホテルのカフェで待っていると、サングラスをかけた細身の利香がさっそうとやってきた。

サングラスを外してから、向かいの椅子に腰を下ろした。

「申し訳ありません。お時間を作っていただき」

「手短《てみじか》にお願いいたします」

利香はぴしゃりと言い、やってきたウエーターにレモンティーを注文した。

「お話をお伺いします」

ウエーターが去ると、利香は挑むような目をくれた。

「では、さっそく」

鶴見は体を起こし、やや前のめりになって切り出した。

「あなたは十月二十六日に赤穂に行きましたね。目的は？」

「この前も言いました。観光です」

「宇田川洋一さんに会いに行ったのではないですか」

「違います。会っていません。そのひとのことを知りません」

利香はきっぱりと言う。

「赤穂には以前に行ったことはあるのですか」

「いえ、あの日がはじめてです。赤穂義士には興味があったので、一度訪れてみたかったのです」

「あなたは私といっしょの電車でした。でも、あなたはまっすぐ赤穂城跡のほうに向かわれましたね」

「ええ」

「観光マップを参考にすれば、途中に息継ぎの井戸や浅野家の菩提寺の花岳寺がありますが、そこを見ないでまっすぐ赤穂城跡のほうに向かったのはなぜですか」

赤穂城址の脇を迂回して行けば、宇田川の住む市営団地に向かう。

「あとからまわりました。息継ぎの井戸は、主君刃傷の知らせを持って早水藤左衛門と萱野三平が早駕籠で駆けつけてその井戸でひと息をついたという……」

利香はさらに続けた。

「花岳寺には四十七士の墓所や木像がありました。歴代藩主の菩提寺だったそうですね。そうそう義士墓所の近くに水琴窟がありました」

ウエーターが紅茶を運んできたので、利香は話を中断した。

あたかも見てきたように言うが、前回、鶴見が赤穂で見かけた話をしたので、あわてて ガイドブックなどを見て勉強したのではないか。

今、彼女が話したことは、ガイドブックに書かれていることばかりだ。これだけで、赤穂には観光のために訪れたという証拠にはならない。

「よく覚えておいでですね」

ウエーターが去ってから京介はきく。

「ええ、まあ」

「おかげで私も思い出が蘇ってきました。水琴窟の前に、子葉《しよう》句碑がありましたね。覚えているでしょう」

「子葉句碑……。ええ、確かありました」

「子葉は大高源吾《おおたかげんご》の俳名です。石碑には源吾が近江の義仲寺《ぎちゆうじ》にある松尾芭蕉の墓の前で詠んだという『こぼるるを許させ給へ萩の露』の句が石碑に刻まれていました。ご覧になりましたか」

「…………」

「源吾は茶にも通じて、吉良上野介の屋敷で茶会が開かれる日を調べ上げた。茶会があれば、上野介は必ずその日は屋敷にいますからね。それで討ち入りが十二月十四日に決まったんです」

利香は硬い表情になっている。

「有名な両国橋での大高源吾と宝井其角《たからいきかく》の出会い、其角が『年の瀬や水の流れとひとの身は』と詠んだのを受け、源吾が『明日待たるるその宝船』と詠み、あとで其角があれは討ち入り本懐のことだったかと」

「申し訳ありません。そのような話をしている時間はありません。もう、用事がないのなら、これで失礼します」

「待ってください。もう一つだけお聞かせください。あなたは子どもの頃、どこにお住まいでしたか」

「そのことが、何か関係あるのですか」

あまりにも強い言い方だったので、京介は返答に窮した。

「私はもう森塚さんとは接触を持ちたくないのです。ストーカーされていたほうの身になって考えてください。失礼します」

利香は伝票を見て、自分のぶんの代金をテーブルに置いてから立ち上がった。

またも、怒ったように引き上げていった。ずいぶん、神経が尖っているようだ。

彼女は大高源吾を知らない。赤穂義士そのものを知らないのだ。赤穂義士に興味があるというのは嘘のようだ。

だが、だからと言って、利香が宇田川に会いにいったということにはならない。利香が宇田川に会ったという証拠はどこにもないのだ。

だがきっと、彼女は宇田川と会っている。彼女が重大な鍵を握っていることは間違いない、京介は確信した。

4

月曜日の午後、地検に高木警部補がやってきた。

検事室の応接セットで向かい合い、皆川は報告を聞いた。

「藤木利香の父親は一成《かずなり》と言い、母親は利香が三歳のときに亡くなり、父娘ふたりで神戸市の北区広陵《こうりようちよう》町に住んでいました。一成は西宮の会社に通っていました」

「北区広陵町は地震の被害は？」

「被害はそれほどではなかったようです。父親の一成は東灘区《ひがしなだく》住吉で倒壊したアパートの下敷きになって死んでいたのです」

「東灘区住吉？　父親と利香はいっしょにいなかったのですか」

皆川は不思議そうにきいた。

「そうみたいですね。利香はひとりで広陵町のマンションにいたそうです。おそらく、父親は倒壊したアパートのどこかの部屋に泊まっていたものと思われます」

「しかし、どうして子どもをひとり置いて、自分だけが泊まりに行ったのでしょうか」

皆川は疑問を呈した。

「確かに妙ですね」

高木も首をひねる。

「どこの部屋にいたのかはわからないのですね」

「ええ、古いアパートだったのでほとんど全壊で、住人が瓦礫の中に埋まっていたそうです。生き埋めのひとの救出が優先で瓦礫の処理をしていたため、死亡した藤木一成がどの部屋にいたかはわかりません。でも、懸命の救出作業にも拘わらず、そのアパートの住人はほとんど亡くなったそうです」

「…………」

痛ましさに声が出なかった。

皆川が神戸地検に赴任したのは五年前で、そのときには震災の爪痕はほとんど残っていなかった。

もっとも、震災の後遺症は二十年経った今も残っている。親しいひとを亡くした者の悲しみは癒えることもなく、自分だけが助かったという罪悪感に苦しんでいるひとも多い。罹災者の中で自力で復興に向かったひとは新たにローンを抱え、自力で家を再建出来ないひとたちは市が用意した仮設住宅から復興住宅へと移って新しい生活をはじめたが、新しい人間関係に馴染めず、孤独死をしていく年寄りも多いと聞く。

「父親は独身で、利香を置いて泊まりに行ったとしたら、ひとり暮しの女のところだったのではないでしょうか」

高木の声に我に返る。

「ひとり暮しの女性の身元はわかっているのですか」

「倒壊したアパートに、独身の女性が三人住んでいました。三人とも亡くなっていますので、確かめようがありません」

「そうですか」

皆川はやりきれない思いに襲われる。

「それから宇田川洋一のほうですが、彼は西宮市内に住み、近くの会社に勤めていました。藤木一成とは接点がありません」

「確か、宇田川洋一も罹災者だということでしたが」

「ええ、住んでいたアパートの一部は崩れたそうですが、怪我人などはなかったようです。ただ、知り合いが亡くなっているし、惨状を目の当たりにし、さらに会社の同僚もたくさん亡くなっているので、かなりショックを受けたようです」

「なるほど」

「住んでいる場所からも、宇田川洋一と藤木利香の父親に面識があったとは思えません。それから、利香の新しい恋人ですが、彼女に気づかれないように調べました。名は平岡《ひらおか》省吾《しょうご》三十五歳。赤坂にある証券会社に勤めています。まず、宇田川洋一との接点はないようです。性格的にも、真面目で、恐ろしいことの出来る人間ではないようです」

「わかりました。ごくろうさまでした」

「検事」

高木が口調を改めた。

「藤木利香の殺人依頼はあり得ないことがはっきりしました。もはや、森塚の犯行と断定していいと思いますが」

「そうですね」

警察の調べに見落としがあるとは思えない。藤木利香の線はあり得ないだろう。あと考えられるのは、宇田川の心の問題だ。非常な恐怖と激しい悲しみに襲われた宇田川が森塚を見て何らかの恐怖心を覚え、自己防衛から攻撃的になる。

そのようなことがあるのか、専門家にきかねばならないが、森塚に対してだけ異常な行動に出るというのも妙だ。

やはり、自分も森塚に翻弄されているのだろうか。

「森塚は否認をしていますが、起訴出来るでしょう」

皆川はそう応えた。

その後、覚醒剤の事案、ひき逃げ事案など、三人の被疑者の取調べを終えたころ、夕方になって、弁護士の鶴見が検事室に入ってきた。

今朝、会いたいという連絡があり、夕方なら時間がとれると返事をしていた。

鶴見は差し向かいになるなり、意外なことを言った。

「宇田川洋一と藤木利香が会っている形跡があるんです」

「うむ?」

昼間、高木警部補からふたりがつながっている形跡がないという報告を受けたばかりなので、皆川は鶴見を冷たく見返した。

「どういうこと?」

「宇田川洋一は一昨年の三月から赤穂市の市営団地で暮らしていました。赤穂市は市外からの移住者を積極的に受け入れているんです。宇田川さんは赤穂市で暮らすことを決意して引っ越したのに、二年も経たないうちに赤穂市を去っているのです」

鶴見はさらに続ける。

「去年の十月二十六日、相田耕平の結婚式の日です。私は朝早く東京を発って赤穂に行ったんです。赤穂義士に興味があって、前々から行きたかったんです」

「それで？」

皆川は先を促した。

「播州赤穂に行く電車の中でひとり旅の女性を見かけました。その女性も赤穂に行きました。その女性は藤木利香だったんです」

「まさか。そんな偶然があるのかな。ひと違いではないのですか」

「いえ、彼女に会って確かめました。彼女は認めています。ただし、観光のためだ、宇田川のことなど知らないと撥《は》ねつけられました」

「君は、宇田川に会いに行ったと思っているの？」

「はい。十月の半ば頃に、堺市の宇田川洋一の叔父のところに、女性の声で宮城県女川町の役場の人間を名乗り、宇田川洋一の居場所を探る電話があったそうです」

「藤木利香がかけたというのですか」

「その可能性があります」

「ほんとうに役場の女性かもしれないのでは？」

「でも、その電話からしばらくして、藤木利香が宇田川が住んでいる赤穂に現われているんです。それだけじゃありません」

鶴見はさらに身を乗り出し、

「赤穂の市営団地の住人は、宇田川さんが十月二十六日の集まりに現われず、翌二十七日には思い詰めた顔で団地から出かけていくのを見ていました」

「藤木利香が赤穂に行ったのは二十六日というのだね」

「二十七日にも、彼女は宇田川さんに会いに行っているんです」

「どうしてわかるのですか」

「それは……」

鶴見は言いよどんでから、

「二十七日の朝、三宮でまた彼女を見かけたのです。もう一度、赤穂に行ったのではないかと」

「それは君の想像に過ぎないんじゃないのか」

皆川は苦笑した。

「それに、ほんとうに藤木利香だったのか。似たような女性を見て、そう思い込んでしまったのではないか」

「似たような女性……」

鶴見は何かに思い至ったのか、表情が少し翳った。やはり、見間違いの可能性に、自分でも気づいているのかもしれない。

「今の君の話からは、彼女が宇田川に会いに行ったという確信は得られないと思うけど」

皆川は切り捨てるように言う。

「でも」

「じつは警察の捜査でも、ふたりに面識がある可能性はないという結果が出たんです」

「と言いますと」

「藤木利香は神戸市北区広陵町に父親の一成とふたりで住んでいた。一方、宇田川洋一は西宮市。ふたりに接点はなかった」

「そうですか」

「よしんば、ふたりに接点があったとしても、当時、利香はまだ子どもです。震災後、宇田川は宮城県女川町に、利香は東京の父親の妹に引き取られた。二十年もふたりは顔を合わす機会はなかったはずでしょ」

「でも、宇田川がいる赤穂に、藤木利香が現われているんです」

「彼女は今流行りの歴女《れきじょ》ではないのかな。赤穂義士に興味を持っているなら赤穂に行ったとしても少しも不自然ではない」

「しかし」

まだ、鶴見は納得しないようだった。

「偶然とは思えないのです。宇田川洋一は再出発しようとして赤穂に行ったのです。その赤穂から、藤木利香が赤穂を訪れた一カ月後に東京に引っ越しているのです。偶然で片づけていいものでしょうか」

「藤木利香から森塚翔太殺害の依頼を受けて、東京に行ったというのですか。それは考えられない」

皆川は一蹴した。

「いいですか。仮にふたりが会ったとしても、二十年振りの再会です。どうして、そんな相手に、利香は殺人の依頼が出来るのですか。宇田川にしても、どうして殺人を請け合ったのか説明がつかない」

「…………」

「百歩譲って、宇田川が殺人の依頼を受けたとしよう。だったら、秘かに赤穂を抜け出し、東京に行って森塚を殺したほうがよかったはず。そのほうが、捜査線上に宇田川が浮かぶ可能性は低かったでしょう」

「確かに仰る通りです。私もその点をどう考えていいかわかりません。でも、ここでも妙な偶然があるではありませんか」

「偶然？」

「宇田川の引っ越し先が、森塚の隣だったことです」

「確かに、妙な偶然です。だが、あり得ないことではない」

「そうでしょうか。赤穂で宇田川と利香が会った可能性があり、その後に引っ越した宇田川の部屋の隣に森塚が住んでいた。これが偶然と言えるでしょうか」

「そんなことを言うなら、君が赤穂で彼女に会ったのはどうなんだ？　偶然ではなかったのですか」

「偶然です」

「そうでしょう。世の中には奇妙なことは起こり得る。確率の低い偶然が、今回はたまたま重なった。そういうことではないのかな」

「………」

鶴見は俯いた。何か反論を考えているのか。

いきなり、鶴見が顔を上げた。

「お願いがあるのですが」

「なんだね」

「赤穂市での宇田川さんと藤木利香さんの行動を調べていただけませんか。それともうひとつ、女川町の役場が、ほんとうに宇田川さんに連絡をとったのか……」

「必要はないでしょう」

皆川はきっぱりと否定した。

「藤木利香と宇田川洋一との間に殺人の依頼が存在する可能性がない以上、そこまでする必要はありません。仮に、赤穂でふたりが会っていたことがわかっても、利香はこういうでしょう。たまたま、道を訊ねただけだと」

「最近の森塚翔太の態度をどう思いますか。罪を逃れるために偽りを述べているように思えますか」

「確かに、彼には変化を感じました。それまではあくまでも自分を正当化し、すべて相手が悪いと考える悪癖が目に余った。だが、自分を冷静に見はじめた。ある種の潔さが出てきたように思えます。でも、信じていいのかどうかは疑問です」

「ストーカー男、DV男の特徴は相手の非を責める。でも、今の森塚にはそれがありません」

「だったら、なぜ、犯行を否認するのでしょう」

「ですから、そのことが事実だから……」

「ほんとうに心を入れ換えたのなら、犯行を素直に認めるはずでしょ。すまない、そろそろ部長のところに報告に行かねばならないんだ」

「皆川さん」

鶴見がうらめしそうな目を向けた。

「君が言うようなことをやっても結果は同じだ。君自身の気持ちを納得させるためだけに、警察にそんな仕事は頼めない」

皆川の言葉に、鶴見は力なく頷いた。

なぜ、鶴見はそこまでするのか。些細なことまで確認しはじめたら、時間がいくらあっても足りない。森塚翔太の事件は数多く抱えている案件の中のひとつに過ぎないのだ。

鶴見にしてもそうではないのか。

他にも弁護の依頼を何件か受けているだろう。ひとつのことにそんなに時間をかけていては、すべてをこなせはしない。

適当なところで折り合いをつける。そのことが、鶴見はわかっていないのだろうか。

皆川は歯がゆい思いだった。

5

翌日、京介は森塚翔太に接見をした。

以前のように突っ張ったところがなくなり、表情は穏やかだ。

「先生、なんだか疲れているようですね」

森塚のほうから心配されて、京介は苦笑した。が、すぐ笑みを引っ込め、

「藤木利香さんのことで、少しおききしたいのですが」

と、切り出した。

「なんでしょうか」

「利香さんは歴史に興味を持っていましたか」

「歴史ですか。いえ、そんなことを感じたこともありません」

「利香さんの口から、赤穂義士の話を聞いたことは？」

「赤穂義士？　大石内蔵助とか浅野内匠頭とか」

「そうです。利香さんがそのことに興味を持っていたかどうか」

「知りません。興味を持っていたらわかります」

「そうですか」

やはり、赤穂に観光に行ったというのは嘘だ。ますます、宇田川洋一に会いに行ったのだという思いを強くした。

だが、それを証明することは出来ない。

「先生、利香がどうかしたんですか」

「じつは去年の十月二十六日、私は播州赤穂に行きました。そこで、ひとり旅の女性を見かけたのです。それが、藤木利香さんでした」

「………」

「一昨日、利香さんに会い、赤穂に行った理由を訊ねました。観光だと彼女は答えました。赤穂義士に興味を持っていたそうです」

「俺と付き合っているときはそんな様子はなかった。そうですか。新しい恋人の趣味なのでしょう」

森塚は寂しそうに言う。

「そうだったら、ふたりで赤穂に行くはずです。彼女はひとりでした」

「でも、彼女は赤穂義士に興味はなかったはずです。三年半ぐらい前、ふたりで住む部屋を探しているとき、高輪のほうにいい部屋があったんです。そのとき、彼女に泉岳寺の近くだと言ったら、お寺の近くじゃいやだと。四十七士の墓があるところだと言ったら、何それっていう顔をしていました」

「四十七士を知らなかったというのですね」

「ええ、知りませんでした」

最近になって興味を覚えたのだろうか。森塚が言うように、新しい恋人の影響で。しかし、それならひとりで赤穂を訪れるのは不自然だ。

「彼女が赤穂に行っていることが、何か問題なのですか」

森塚が不審そうにきいた。

「じつは宇田川洋一さんが、一昨年の三月から赤穂に住んでいました」

「ほんとうですか」

森塚の顔色が変わった。

「ええ。でも、利香さんは宇田川さんに会ったことを否定しています。しかし、宇田川さんは赤穂で暮らすことを決心していたのに、十二月の半ばに赤穂を離れているのです」

「………」

「こう考えると、利香さんと宇田川さんに何かつながりがあるように思えます。でも、ふたりの境遇からはそれが窺えないのです。利香さんは神戸市北区広陵町に、父親とふたりで住んでいたそうです」

京介は皆川から聞いた話をした。

「宇田川さんは西宮市に住んでいたそうです。両者に接点はありません」

「彼女の父親は震災で亡くなっているんですか」

「そうなんです。おそらく、東灘区のアパートに住む知り合いの部屋に泊まっていて地震に遭ったのでしょう。もし、自宅にいたら、命を落とすようなことはなかったでしょう。なぜ、父親が利香さんを置いてひとりで知り合いのところに行ったのかわかりませんが、いっしょに連れていったら、利香さんも犠牲になっていたはずです。こういう話を利香さんから聞いたことは?」

「いいえ、彼女は震災の話はいっさいしませんでした」

「そうですか」

「父親の知り合いというのは、女性でしょうか」

「そうだと思います。だから、利香さんを連れていかなかったのかもしれません」

「宇田川さんも震災に遭っているのですね」

「ええ、宇田川さんの住んでいたところは死者が出る被害はなかったようです。同じ西宮でも被害が甚大だったところとそうでないところが分かれていたそうですから。それでも、親しい人間も亡くなって、かなりショックだったようで、堺市の実家に帰って仕事もせずに毎日ぼうっとしていたようです」

「………」

「私は、赤穂で宇田川さんと利香さんは会っていると信じています。ですから、ふたりには面識があったはずなんです」

京介は言い切った。

「宇田川さんと利香さんのふたりを強引に結びつけるとしたら、こういう想像が成り立ちます」

「なんでしょうか」

「あくまでも想像です。宇田川さんはかなりショックを受けていたというのは自分も地震で危ない目に遭ったのではないか。つまり、宇田川さんもまた東灘区に何らかの用事で行っていたと考えました」

森塚が息を呑んで、京介の次の言葉を待っている。

「宇田川さんも同じアパートの知り合いのところに泊まりに行っていた。そこで地震に遭った。木造アパートは崩れ、住人が下敷きになった。宇田川さんは体が大きく体力がある。瓦礫の中から自力で抜け出した。そのとき、まだ瓦礫の中で生きている人間がいた。それが、利香さんの父親だった。父親は手を伸ばして助けを求めた。だが、宇田川さんは自分のことに精一杯で、助ける余力がなかった。あるいは、宇田川さんは自分の知り合いを助けようとしていたので、他の罹災者には目もくれなかった。そして、しばらくして、同じ場所に戻ってみると、利香さんの父親はぐったりしていた。それからあわてて助け出そうとしたが、すでに手遅れだった。だが、父親は最後に自分の名と住所を言い、娘に何かを言い遺した。あるいは、財布か定期入れを手にしていて、その中に娘の写真があった……」

想像だと断りながらも、京介はこれが事実だとしたらいたたまれない気がした。

「生存者の中には自分だけが助かったという自責の念にとらわれるひとも多いそうです。ましてや、宇田川さんは助けられたかもしれないのに助けなかった。そのことで自分を責め、利香さんに会いに行った。そう考えれば、宇田川さんと利香さんがつながります。しかし、この想像が当たっているかどうかわかりません。また、このことを明らかにすることは難しいでしょう」

「…………」

　森塚の顔つきが変わった。俯き、何かに耐えるように拳を握りしめている。京介は不審に思ったが、

「調べ終えるまで、もう少し時間がかかります。このまま、起訴されてしまうでしょう。結局、あなたの身柄を解放するまでにはいたりませんでした。申し訳なく思います。ですが、裁判がはじまるまでには必ず……」

「先生」

　森塚が思い詰めたように顔を上げた。

「先生は俺の言うことを信じてくれるのですか」

　微かに声が震えを帯びていた。

「ええ、信じます。宇田川さんと利香さんは面識があるはず。必ず、立証してみせます」

　京介は安心させるように言う。

「それだけで十分です」

「十分？」

「どういうことですか」

「先生。申し訳ありません。今度こそ、ほんとうのことを言います。私がやりました。

宇田川さんは悪くありません。私が自分の部屋から包丁を手にして部屋を飛び出したのです。私がやりました」

「森塚さん」

京介は啞然とした。

「あなたは、最後まで、相手が包丁で襲ってきたと、一貫して言い続けてきたじゃありませんか。それなのに、今になって、翻すのですか」

「もうこれ以上、先生まで騙《だま》すことに耐えられません。今度こそ、ほんとうのことを申し上げます。私が宇田川さんを殺しました」

森塚はまっすぐ京介を見つめた。

「いったい、どうしたというのですか。あなたは……」

「すみません。何度も騙して。今度こそ、ほんとうです。じつは、最近になって夢に宇田川さんが出てくるのです。胸から血を流し、私に迫ってくる。ほんとうのことを話してくれと」

信じられない。いったい、森塚の心はどうなっているのだ。

森塚は最初は頑強に否認し、それがなかなか認められないとわかると、次には藤木利香が宇田川に殺しを命じたのだと言い出した。

そのときまでは、森塚の心は利香への未練と怒りに満ちていた。おそらく、疑いが晴れて身柄が解放されたら、必ず利香を殺し、自分も死を選んだのに違いない。それほど、森塚は正常心を失っていた。

　しかし、勾留生活が長くなり、森塚に絶望感が襲いかかった。自分の置かれている状況が極めて不利であることを認識したのに違いない。それが、利香への当てつけの言葉となった。俺の負けだ、利香に伝えてくれ、と皆川検事に言った。

　さらに時間が経過し、利香への未練が薄らいだのか、それとも諦めたのか、利香の事件への関与は否定した上で、それでも宇田川の殺意の主張は変えなかった。

　だが、きょうになって、突然、宇田川の殺意まで否定したのだ。森塚の心の変遷をどう解釈すべきか。

「森塚さん。あなたは正当防衛を主張していたのです。その主張は偽りだったというのですね」

「そうです。宇田川さんを悪者にして自分だけが助かろうとしたこと、とても恥ずかしいことをしたと反省しています」

「あなたは、前回の皆川検事の取調べで、利香さんの事件への関与を否定した上で、宇田川さんが襲ってきたことは間違いないと供述しました。そのとき、今度こそほんとうだ、間違いないと言いましたね。覚えていますか」

「覚えています」

「それでも、今回、また供述を翻した。また、翻すのではありませんか」

「いえ。今度こそ、ほんとうです」

森塚は京介の視線を逸らさずに言う。

「あなたにどんな心境の変化があったのですか」

「留置場は自分を見つめ直す、いい場でした。自分はやっと過ちに気づいたのです」

「あなたは宇田川さんと隣人同士のトラブルの末に殺したと言うのですか」

「そうです。彼女に暴力をふるい、そして逃げた彼女を追いかけたのも、ほんとうはまだ私が探してくれるのを待っているのだと思い込んでいたからです。でも、新しい恋人が出来たと知ると、私は嫉妬に狂いました。私をこんなにしたのは彼女なのだと。彼女のせいで私の人生は狂ってしまった。ならば、彼女を殺して自分も死のうと思っていたんです。そんなときに、宇田川さんとトラブルになった。私は彼女のことでいらついていたので宇田川さんに悪態をつきました。おとなしかった宇田川さんが、あるときから私に歯向かうようになったんです。向こうは体も大きいし、腕力もある。まともにやりあったら勝てない。だから、包丁を隠して対峙《たいじ》したのです。宇田川さんはいきなり私を殴ってきました。だから、私はかっとなって包丁で相手の胸と腹を刺したのです」

「森塚さん。さっきも言いましたように、宇田川さんと藤木利香さんは面識があり、宇田川さんが赤穂から大塚に引っ越したのも、利香さんの指示だった可能性もあるのです。

それでも、あなたは罪を認めるのですか」

「はい。それが事実ですから」

「それでも、私は宇田川さんと藤木利香さんの関係を調べてみます」

京介が言うと、森塚は強い口調で言う。

「先生。よけいな真似はやめてください」

「えっ？」

「先生。私は喧嘩の末に宇田川さんを刺したことに間違いないのです。ですから、その線で弁護をしてください」

森塚の態度が、また急変したように思えた。

「ただ、私は本気で、宇田川さんを殺そうと思ったわけではないんです。脅しのつもりだった。でも、宇田川さんがあまり驚かなかったので、つい包丁を突き出した。決して、殺意があったわけではない。先生」

森塚は身を乗り出し、

「これからの私の弁護は、殺意がなかったということで闘ってください。いいですね。先生」

京介はまたも森塚という男がわからなくなった。

第四章　震災前日

1

再勾留期限が迫ってきた。事件処理について最終的な判断を下さなければならない。むろん、起訴することは間違いないが、被疑事実について若干の迷いが生じている。

検事室に、森塚翔太がやって来た。いつもと違い、押送の巡査に促される前に、大机の前の椅子にさっさと座った。

腰縄と手錠を外し、巡査が後方の壁際に下がってから、皆川は森塚の目を見た。森塚もしっかと受けとめた。

「正直、驚いた」

皆川は口を開いた。

「すみません」

森塚は謝る。

「君が供述を変えたのは何度目か、覚えているかね」

皆川は非難するように言う。

「今度はほんとうです」

「今度はという言葉も、以前に聞いた」

「すみません」

また、森塚は頭を下げた。

「前も言ったと思うが、そうころころ言うことが変わると、君の何を信じていいのかわからなくなる」

「もう、変えません」

「では、改めて事件のことを聞こう。被害者の宇田川洋一と何があったのか」

「私は夜中に家に帰ることが多く、ドアの開け閉めで大きな音をさせていました。夜中にテレビの音量も高くして、掃除機を夜中に使うこともありました。次の日には必ず宇田川さんが、静かにしてくれと言ってきました。私はいい加減に返事をして、その後も相変わらず同じように夜中に乱暴に音をさせていました。とうとう、宇田川さんは我慢出来なくなったのか、私に食ってかかってきました。襟を摑んで、ゆっくり休めないから静かにしろ。今夜もうるさかったら、許さないとすごい剣幕でした。あのひとは体が大きく、力があるので、襟元を摑まれたら息が出来なくなりました」

森塚はひと言ひと言、丁寧に語る。

「それからゴミ出しのときに、きょうは燃えるゴミの日だ。燃えないゴミは持って帰れと言われましたが、私はわざとそのまま置いて引き上げました。そしたら、ゴミを持って追いかけてきて、持って帰れと。そこで揉み合いになり、私がかっとなって宇田川さんを殴ったのです。そしたら、宇田川さんも怒って、私を突き飛ばしました。力じゃかないませんから、私は何度も倒されて……」

森塚は息を継いだ。

「私はだんだん、宇田川さんが憎くなりました。その後も宇田川さんに突き飛ばされたことがあり、そのとき『覚えていろ、ただじゃすまさない』と叫びました。それから、仕返しをする機会を狙っていたのですが、やはり素手では敵わないと悟り、あの事件の夜、また宇田川さんが音がうるさいと文句を言いに来たとき、こっそり台所から包丁を持って上着の内側に隠し、部屋を出て行き、宇田川さんを公園に誘ったんです。そこで殴り合いになり、鼻血が出たのに逆上して包丁で刺したのです。これが真相です」

「どこを刺したのだ?」

「最初はお腹です。それから胸」

森塚は目を閉じ、体を震わせた。そのときのことを思いだしたのか。

「そのとき、殺すつもりだったのだな」

「わかりません」

「殺意はなかったと？」

「無我夢中でしたが、二度目は心臓を狙いましたから、殺そうと思って刺したのは間違いないと思います」

「殺意を認めるのか」

「たぶん、そのときは殺意があったかもしれません」

「二度、刺しているのだからな」

「そうですね」

森塚は素直に頷く。

やはり、この男の肚《はら》のうちはわからないと思った。

「君に妹さんがいるそうだね」

皆川は質問を変えた。

「はい。豊橋にいます」

「結婚して？」

「そうです。子どもがふたりいるみたいです」

「最近会ったのはいつだね」

「妹の結婚式のときですから、五年前です」

「なぜ、会いに行かないのかね」

「亭主の両親が私にいい感情を持っていないんですよ。だから、行くと妹に迷惑がかかるし……」

「妹さんは君のことを心配しているのではないかね」

「していません。一度、仕事で名古屋に行った時、帰りに豊橋で下りて、妹に電話をしたんです。そしたら、来ないでくれと言われました」

「どうして？」

「義理の両親がいやがるからだと」

「どうして、そんなに君は嫌われているんだね」

「妹の嫁ぎ先は地元じゃ有名な和菓子の店で、資産家なんです。金をせびりに来ると思い込んでいるようなんです」

「そうなのか」

「とんでもない。違いますよ。でも、向こうからすれば、そんなふうに見えるんですかねえ」

「君が殺人の罪で裁かれたら、妹さんは肩身の狭い思いをするんじゃないのか」

「………」

森塚は俯いた。

「そのことも考えた上での自供なのか」

少し間があって、

「そうです」

と、森塚は答えた。

「藤木利香さんのことだが、君は彼女にストーカーをしていた。彼女をどうするつもりだったのだ？」

「縒りを戻したかった。それがだめなら、彼女を殺して、自分も死ぬつもりでした」

「どうして、彼女を諦めて、別の女性に目を向けようとしなかったんだね」

「彼女しか目に入りませんでした」

「どうしてなんだろう？」

「彼女しかいないと思い込んでいました。彼女を守ってやれるのも自分だけだと」

「今は？」

「今は、まったく」

森塚は首を横に振った。

「まったく、執着はない？」

「ええ」

皆川は信じられなかった。

「それは、勾留されているからで、もし、社会に復帰出来たら、またつきまといをはじめるのではないか」

「そんなことはありません」

森塚は終始、穏やかな様子で答えた。

だが、勾留されてから、つまり社会から隔離されてまだ二十日ぐらいだ。それだけの期間で、何年にも亘ってストーカー行為を働いていた相手を諦めることが出来るのか。人間、そんなに簡単に変われるものではない。

「君は逮捕されたあと、私選で弁護人を依頼したね。君は中古車販売の会社をやめたあとは居酒屋でバイトをしたりして暮らしていた。失礼だが、それほど財産があるわけではない。弁護士報酬を支払ったら、君の貯金がなくなってしまうかもしれない。それでも、私選を選んだ理由はなんだね」

「国選では満足に弁護をしてもらえないと思ったんですよ」

「で、今はどうだね。私選弁護人で満足しているかね」

「ええ、満足しています」

「どうしてだね」

「どうして？」

「君は逮捕されたとき、早く自由になりたいからあえて貯金をはたいて私選で弁護人を依頼した。しかし、結果はどうだね。君は今、殺人を認めている。最初の君の希望とはまったく逆の結果になっているではないか。どうして、それで満足なのだね」

「言われてみればそうですね」

森塚は微《かす》かに笑った。

「たぶん、真実を話す心境にしてくれたことに感謝しているのかもしれません」

「真実……」

「ええ。最初はなんとか宇田川さんの責任にして、罪を逃れようとした。嘘を言い続けて助かろうとする自分の卑しさを、鶴見先生が教えてくれたんです。そういう意味で、鶴見先生に弁護を依頼してよかったと思います」

森塚の口調にはさわやかな感じを受ける。だが、いま一つ納得がいかない。それが何かわからないもどかしさを覚える。

「さっき、社会に復帰出来たらまたつきまといをはじめるのではないかときいたら、そんなことはないと答えたね」

「ええ、その通りです」

「君はひょっとして……」

皆川は言いよどんだ。

「ひょっとして？　ひょっとして、なんですか。どうぞ、仰ってください」

「あくまでも私の想像だ。君は勾留されていて、かえって藤木利香への執着が強まったんじゃないのか」

「………」

森塚が何も言わないので、皆川は続けた。

「だが、彼女には新しい恋人が出来た。もう、彼女は手の届かないところに行ってしまった。君はそう思った」

「………」

森塚はまだ黙っている。

「もし、君はうまく正当防衛が認められて無罪になって外に出たら、彼女と恋人を殺しに行くかもしれない。だから、自分を自ら檻《おり》の中に閉じ込めておこうとした。それが今回の供述ではないのか。違うか」

皆川は刃を突き付けるような鋭さできいた。

「検事さん」

森塚は真顔になって、

「残念ながら、まったく違います。自分の狂気を封じ込めるために自ら刑務所に入るなんて、そんな気はありませんよ。誰のために、そんなことをするんですか。そこまでして、彼女を守ってやろうとは思いません」

そう言い、皆川の目を見返した。

「確かに、検事さんの言うように、もし娑婆《しゃば》に出たら、またストーカーを始めるのではないかという不安は私もあります。でも、仮にそんな気持ちが芽生えても、今の私は自分の強い意志で封じ込めることが出来ます」

森塚の目に曇りはない。森塚は嘘をついているようには思えなかった。

それに、殺人を犯すかもしれないから、自ら刑務所行きを望むのは非現実的過ぎる。

「そうだな」

皆川はまだ釈然としない思いで、悟ったような顔の森塚を見ていた。


その夜、皆川は鶴見をいつもの新橋の小料理屋に呼び出した。

「まったくわからん。いったい、何があって、全面的な自供になったのだ」

皆川はグラスを呷《あお》った。

「私もまったくわかりません」

鶴見も首を振る。

「しかし、森塚は君のおかげだと言っていた。真実を話す心境にしてくれたと、彼は君に感謝をしている」

「いえ」

鶴見は首を横に振った。

「彼は、私を何もしてくれないと責めていたんです」

「いや、君に弁護を依頼してよかったと言っていた。まあ、森塚が自供したことは、こっちにとっちゃいいことだがね」

皆川は鶴見の顔を覗き込むように見て、

「まさか、隠しだまを持っていて、裁判で持ちだす作戦ではないだろうな」

と、疑いを向けた。

「違います。彼は私にも何かを隠しています。私と彼は意思の疎通がなされていません」

「君はどう思っているのだ。彼の自供を?」

「私は……。やっぱり、赤穂の件が気になるのです。赤穂に宇田川洋一と藤木利香がいたことは事実です。それが偶然とは思えないのです。その根拠は、藤木利香は赤穂義士に興味を持っていたように思えないからです。つまり、利香は観光目的ではない理由で、赤穂に行った。宇田川さんに会いに行ったと考えるほうが自然です。その前に、堺の叔父さんの家に女川町の役場の人間を名乗る問い合わせの電話……」

皆川は厳しい顔で言う。

「もし、役場の人間と名乗ったのなら、藤木利香は宇田川が女川町に住んでいたことを知っていたことになる。東京に住んでいる利香がどうして知ることが出来る？　それより、そもそも利香と宇田川が知り合いだという可能性もないのだよ」

「もし……」

鶴見はまだ何か言いたそうだった。

「なんだ？」

「いえ」

「言いたいことがあれば言ってくれ」

皆川は促した。

「ただ、警察が赤穂でのふたりの行動を調べてくれたらと思っただけです」

「仮にふたりが顔見知りだったとしても、殺人の依頼があったというのは飛躍しすぎだ。この話は前にもしたじゃないか。堂々巡りだ」

皆川はやんわり否定した。

「確かに、そうですが、それ以外に何を話したのでしょうか。利香には殺人の依頼しか、宇田川さんに会う理由はなかったはずです」

「おいおい、君はふたりが顔見知りだという前提に立っている」

「そうです。ふたりが顔見知りだという前提に立てば、事件の様相が変わってきます」

「ばかな」

皆川は顔をしかめて、

「そんな根拠のないことを前提にしたって、真実は見えてこない。かえって、真実を見失うだけじゃないか」

「でも」

「利香が赤穂に宇田川を訪ねたのだとしたら、利香は女川から宇田川の行方をたぐっていったことになるんだ」

「そうです。利香は女川町に行って、誰かから宇田川さんが堺市の叔父さんの家に行ったと聞いたんです。そのことを調べれば……」

「待て。そんな調べを警察には頼めない。利香が事件の容疑者ならともかく、彼女は事件と無関係なんだ。それより、どうして、利香は宇田川が女川町にいたことを知ったのか、その説明もつかないではないか」

「………」

鶴見は押し黙った。

「どうも俺たちは森塚に翻弄されているようだ。さあ、事件のことを忘れ、今夜は呑もう」

皆川は女将に酒を注文した。

しかし、鶴見は思い詰めたような目付きで考え込んでいた。

2

翌日、虎ノ門の事務所の引っ越したばかりの新しい部屋で、京介はきのう皆川と話していて気づいた疑問をまたも考えていた。

なぜ、利香は宇田川が女川町にいることを知ったのだろうか。彼女が東日本大震災の救援のボランティアに参加した形跡はない。

偶然に、東京で宇田川を知っている人間に出会ったのだろうか。今ひとつぴんと来ない。やはり、利香の恋人か。

彼がボランティアで宮城県に行って宇田川に会った。その話を利香にした。そう考えるほうが妥当だ。

京介は携帯で、皆川検事のところに電話をした。

「きのうはどうも。お願いがあるのですが」

「なに？」

「藤木利香の恋人に会いたいんです。名前と連絡先を教えていただきたいのですが」

「警察は接触したらしいが、俺は会っていない。警察に確認してから電話をするよ」

「すみません」

「だが、彼はまったく事件に関係ないようだ。会っても無駄だと思うけど」

「それでも、会ってみたいのです」

京介は電話を切った。

それから十分も経たずに、皆川から電話があった。

「いいか。名前は平岡省吾、電話番号は……」

名前と携帯の番号を控えてから、礼を言って電話を切った。

京介はさっそく電話をした。

「もしもし」

警戒ぎみの声が聞こえた。

「突然の電話ですみません。私は弁護士の鶴見京介と申します。じつは、平岡さんのことは警察から聞きました」

「ひょっとして、藤木利香さんのことで？」

警察にきかれたことがあるのですぐわかったのだろう。

「はい。藤木さんのことで少しお話をお聞きしたいのですが……」

「彼女に何か」

平岡は心配そうにきいた。

「いえ。藤木さんの知り合いのことでちょっと……」

京介は言葉を濁した。

「わかりました。私の会社は赤坂です。十二時に会社まで来ていただけると助かります」

案外とあっさり応じてくれた。平岡は証券会社に勤めているという。場所を聞いて、電話を切った。

午前中は民事訴訟の依頼人との打ち合わせをし、十一時半になって、京介は部屋を出た。

受付にいる事務員に出かけることを告げていると、ドアが開いて洲本《すもと》功二《こうじ》が顔を出した。事務所で契約している調査員である。

「ああ、鶴見先生。お出かけですか」

洲本が如才なく言う。

「ええ。洲本さんは柏田先生の？」

「ええ」

営業マンのように腰が低いが、元は刑事だった。五十前で警察をやめた理由はわからない。上司に楯突いたためとも、事件関係者と不適切な関係にあったとも言われているが、ほんとうの理由はわからない。

洲本と入れ違いに、京介は事務所を出て、赤坂まで歩いた。

平岡の勤めている証券会社はすぐわかった。途中で、携帯に電話を入れておいたので、ロビーの入口で待っていた。

「鶴見先生ですね。平岡です」

弁護士バッジでわかったのか、丸顔の誠実そうな印象の三十半ばぐらいの男性が声をかけてきた。

「鶴見です。突然に申し訳ありません」

名刺を交換する。

「いえ。どうぞ、こちらに」

カウンターにはたくさんの窓口があり、すべて客で埋まっていた。

階段で二階に上がり、平岡は鶴見を応接室に招いた。

テーブルをはさんで向かい合うと、平岡のほうから切り出した。

「利香さんに何があったのでしょうか。先日も警察の方が訪ねてきました。詳しい話は何もしてくれませんでした」

「どんなことをきかれたのですか」

「たいしたことではありません。彼女とはどういう関係かと、営業所は宮城県にもあるのかとか」

「どうお答えになったのですか」

「結婚を前提に付き合っていると答えました」

「営業所の件は？」

「いったい、彼女に何があったんでしょうか」

平岡は不安そうな顔できいた。

「いえ、そんなに気にするようなことではありません」

「彼女にきいても何も教えてくれないのです。でも、私は知りたいのです」

「あなたがどこまでご存じなのか……」

「彼女がストーカー被害に遭っていたことは知っています。警察の方もそのことで私のところに来たのかと思いましたが、でも少し違うような」

「そうですか。じつは、藤木利香さんにストーカー行為をしていた男が、あるトラブルから喧嘩相手を殺した疑いがかかっているのです。私はその被疑者の弁護人なのです」

「………」

「その関連で、藤木利香さんについて確かめたいことがあるのです」

「なぜ、彼女に関わりが？」

「被疑者が、利香さんに恋人が出来たショックから犯行に及んだとも考えられますので」

京介はあえてそう言って安心させてから、

「先程の営業所の件ですが、宮城県にあるのでしょうか」

「ありません」

「失礼ですが、あなたのご出身はどちらでしょうか」

「私は広島です」

「東北地方に知り合いはいらっしゃいますか」

「いえ。ただ、東北出身の人間は同僚の中に何人かいますが」

「じゃあ、東日本大震災で、実家が被害に遭われた方も？」

「おります」

「宮城県女川町出身の方はいらっしゃいますか」

「いえ。宮城県は仙台出身者だけです。あとは福島県」

「宇田川洋一というひとをご存じですか」

「宇田川洋一？　知りません。どういうひとですか」

「藤木利香さんは、宮城県に行ったことがあるのでしょうか」

「ないと思います」

答えてから、平岡はさらに厳しい顔つきで、

「宇田川洋一というひとと彼女に関係があるのですか。教えてください。お願いします」

と、迫るようにきいてきた。

「利香さんが、あなたに詳しい話をしないのは、あなたによけいな心配をかけたくないのと、あなたに誤解をされて、あなたが自分から去っていってしまうのではないかと恐れているからではないでしょうか」

「そんなことはないのに」

「あなたはどんなことがあっても、彼女を守っていくおつもりですか」

「もちろんです」

「そうですか」

京介は迷ったが、

「私があなたにいろんな話をしたために、利香さんとの仲がうまくいかなくなったら、利香さんに恨まれますから」

と、告げた。

「絶対にそのようなことはありません」

「そうですか。では、お話をしましょう」

そうは言っても、すべて正直に話すわけにはいかない。京介は慎重に口を開いた。

「宇田川洋一というひとは被害者です。利香さんにストーカーを働いていた男に包丁で刺されたのです」

平岡は息を呑んだようだった。

「宇田川洋一さんは宮城県女川町に住んでいて、東日本大震災で家族を失って、今年になって東京で暮らしはじめたばかりでした。じつは、利香さんと宇田川洋一さんは顔見知りではないかと思ったのです」

「彼女はなんと？」

「否定しています」

「じゃあ、違うんじゃないですか」

「ええ。でも、ひょっとして、利香さんの亡くなったお父さんと宇田川さんが顔見知りだったのではないか、そんな気がしています。と言うのも、ふたりとも阪神淡路大震災に遭っているのです。利香さんのお父さんはその地震で亡くなり、宇田川さんは震災による心労からか、宮城県女川町に……」

京介は言葉を止めた。平岡が他のことに思いが向いているようだった。

「平岡さん」

京介は声をかけた。

はっとしたように我に返り、

「あっ、すみません」

と、平岡はあわてて口にした。

そして、少し考えてから、

「彼女と宇田川さんが顔見知りだったら、どういうことになるのですか」

と、気づかわしそうに訊ねる。

「いや、特には」

そのことを言うわけにはいかなかった。

「平岡さん。何か、思いだされたことでも?」

京介はきいた。

「宇田川さんは東日本大震災と阪神淡路大震災の両方を経験しているのですね」

「そうです。何か」

「去年の九月ごろ、彼女が私の部屋に遊びに来ました。私が酒の支度をしている間、テーブルの上に置いてあった週刊誌を手にしていました。ちょうど開いていたページが東日本大震災の被災地を歩くという特集記事でした」

平岡は続けた。

「そのとき、彼女が私は子どもだったけど、瓦礫ばかりになった神戸の町を覚えていると言ったんです。それで、阪神淡路大震災と両方経験したひともいるらしいね、と私が言ったけど、彼女から返事がなかった。そのとき、彼女は何か考え事をしていて、私の声が耳に入らなかったようでした」

「阪神淡路大震災と両方経験したひとの記事が出ていたのですか」

「ええ。どこどこの誰々が両方経験したということが、ほんの少し書いてあっただけですけど」

「名前も出ていたのですか」

「ええ、出ていたと思います」

「なんという週刊誌ですか」

「『週刊日本』です。九月中頃の発売でした」

そこに宇田川洋一のことが触れてあったのだろうか。その週刊誌を見てみる必要があると思った。

「つかぬことをお伺いしますが、藤木利香さんは歌舞伎とか映画とか、好きなほうでしょうか」

「いえ。宝塚のほうが好きなんじゃないかと思いますけど」

平岡は怪訝《けげん》そうな顔で答える。

「歴史は？」

「歴史ですか」

「赤穂義士に興味を持っているとか」

「いえ、聞いたことはありません。なぜ、そんなことを？」

「いえ。たいしたことではありませんので」

そう答え、やはり、藤木利香は赤穂に、宇田川に会いに行ったのだという確信を強めた。

「もうひとつ、お訊ねしてもよいですか」

「なんでしょう？」

「藤木利香さんは髪を切りましたね。以前はロングでした」

「ええ。それが？」

「すみません。くだらない質問で。いつ髪を切ったのかわかりますか」

「二月半ばぐらいだったかな。気分を変えたいと言って」

「二月半ばですか」

事件の直後ではないのか。

その他、いくつか訊ね、平岡からもいろいろときかれたが、当たり障りのないように答えて、京介は平岡と別れた。


それから、京介は日比谷公園まで歩き、日比谷図書館に入った。

新聞・週刊誌などの閲覧室で、去年九月に発売された『週刊日本』を探した。そして、『巨大津波の被災地の今』という見出しの号を見つけた。


――女川町は狭い湾を山が囲い、海沿いに町が広がり、風光明媚《めいび》な港の町だった。観光客でも賑《にぎ》わい、入江の魚市場は活気に満ちていた。そんな港の町を巨大津波が襲った。町ごと津波に呑み込まれ、いっきに壊滅した。記者は震災から半年後にこの地にやって来た。倒壊したビルの残骸が残り、瓦礫がまだ残っていた。あれから三年、今の女川町を歩いてみた。

そういう出だしではじまる記事を、京介は懸命に目で追う。そして、しばらく読み進めるうちに、探していた文章を見つけた。

——前回、避難所で、阪神淡路大震災も経験しているという宇田川洋一さんという被災者に会った。宇田川さんは阪神淡路大震災で親しいひとを亡くし、東日本大震災で奥さんとお子さんを亡くすという二度の大きな悲劇に見舞われた。宇田川さんは女川町を去り、親戚のいる大阪に移ったということで、今回は会うことが叶わなかった……。

京介は記事から顔を上げた。微かに興奮を覚えた。

藤木利香はこの記事を見たのだ。宇田川洋一の名と阪神淡路大震災を経験しているということから、自分の知っている男だと気づいたのではないか。

宇田川とはどのような関係かまだわからない。だが、利香の父親を介して繋がりがあったことは間違いないだろう。

ともかく、利香は宇田川洋一の行方を探した。女川町の役場に問い合わせたか。ひょっとしたら、女川町まで出向いたかもしれない。

そこで、宇田川が大阪堺市の叔父の家に行ったことを知る。役場では避難所から出ていった人間の行き先は把握していたに違いない。

利香は女川町の役場の人間を騙って、堺市の叔父の家に電話をし、住んでいるかを確かめた。すると、赤穂市に移ったと聞かされた。

それで、赤穂に行ったのだ。

だが、どんな目的で行ったのか、そのわけはわからない。懐かしさから会いに行ったとは思えない。仮にそうだとしたら、そのことを隠す必要はないのだ。

さらに、その後、宇田川が赤穂を去り、東京豊島区北大塚の『すみれハイツ』に引っ越しをしたことも、何らかの利香の意図が働いていると見るのが自然だ。よりによって、森塚翔太の隣に入居するという偶然は考えられない。

日比谷図書館をあとにし、事務所に帰る間、京介はそのことばかり考えていた。

やはり、利香の目的は、宇田川に森塚翔太の殺害を依頼するものだったのか。そうだとしても、なぜ、宇田川はその依頼を引き受けたのだろうか。

何か利香に対して負い目でもあったのか。

負い目……。そのことで、思いだすのは震災の被災者の言葉だ。生き残った者は自分だけが助かったことに負い目を抱く、と。目の前で死んでいった犠牲者を、なぜ助けてあげられなかったかと自責の念にかられる。

宇田川にこの気持ちがあったとしたら……。

宇田川と利香の父親一成は知り合いだった可能性が高い。二十年前の一月十七日、ふたりは東灘区の倒壊したアパートにいたとは考えられないか。

十七日午前五時四十六分、突然の激しい揺れに襲われ、ふたりは飛び起きた。だが、壁は崩れ、天井が崩落し、あっという間にふたりとも瓦礫の下敷きになった。

宇田川は自力で瓦礫から這い出たが、藤木一成は瓦礫にはさまれ、身動き出来なかった。助けてくれ、俺には七歳の娘がいるんだ、死にたくない。そう叫んだかもしれない。しかし、宇田川も自分が生き延びることに精一杯で、藤木一成を助けることは出来なかった。いや、助けようとせず、逃げ出したのかもしれない。余震が襲い、さらに建物が崩れる危険性があったのだから。

逃げなければ自分も危ない。そういう状況だったかもしれない。しかし、生き延びたあと、宇田川はそのことで苦しむようになった。藤木一成を見殺しにしたという負い目がずっとつきまとっていた。

その後、宇田川は利香に会い、父親の死んだときの様子を話したかもしれない。利香は話を聞いて、どうしたか。

なぜ、お父さんを助けてくれなかったの。そう責めたとも想像出来る。その言葉が胸に突き刺さっているとしたら、今回、利香から殺人を依頼されたとき……。

気づくと、事務所の前に来ていた。

ドアを開けると、

「お帰りなさい」

と、事務員が声をかける。

「洲本さんは？」

「お帰りになりました」

「そう」

洲本は柏田弁護士に用があってやって来たのだが、調査を頼まれたところだろうか。それとも調査結果を報告に来たのだろうか。

「洲本さんは先生の依頼を受けたのかな」

「いえ。調査結果の報告でしたよ」

「ありがとう」

京介は自室に入った。倉庫代わりに使っていた部屋で、窓は小さく、採光が悪いので昼間から電気を点けなければならなかった。

椅子に座って、京介は洲本に電話をかけた。

「はい。洲本です」

「鶴見です。先生のほうは終わったのですか」

「終わりました」

「では、お願いしてよろしいでしょうか」

「どうぞ」

「神戸に行っていただきたいのです」

「神戸ですって」

洲本に二十年前の調査を依頼するつもりだった。

3

三月五日、皆川は登庁すると、森塚翔太に関わる殺人事件の起訴状を起案した。そして、タイプされた起訴状を読み直した。

隣人同士のトラブルからかっとなった被告人が、包丁で被害者を刺して殺害したという被疑事実である。

これに署名押印し、事務官の正田に渡せば、彼が起訴状原本、起訴状の謄本《とうほん》、逮捕状、勾留状などと共に、刑事部長や次席検事の決裁にまわすことになる。それから、東京地裁に提出するのだが、急に迷いが生じた。

それは鶴見弁護士からの電話が原因だ。藤木利香と宇田川洋一の関係についての報告だった。しかし、ふたりに関係があろうがなかろうが、利香が宇田川に殺害を依頼したような痕跡はないのだ。

第一、何度もの供述の変遷があったものの、最終的には森塚翔太は全面的に犯行を認めたのだ。

この事実は揺るがない。もし、被告人が裁判で自供を否認したとしても、それを打ち砕くだけの証拠はある。

ただ、裁判で揉めるとしたら、殺意の点だけだ。自供では殺そうと思って刺したと殺意を認めているが、ただ脅すだけで殺すつもりはなかったと主張する可能性はある。だが、それでも、森塚は被害者を二度刺している。二度目は心臓部だ。明らかな殺意を認定出来る。

このまま起訴しても何ら問題はない。そう思っているにも拘《かか》わらず、署名押印をするのを躊躇《ちゅうちょ》した。

「検事。どうかしましたか」

正田が不思議そうにきいた。

「何か考え込んでいらっしゃるようですが」

「ええ」

皆川は正直に、

「署名をする段になって、迷いが……」

「この事件に関してだけ、検事はいつもと違います。いつもの、切れ味鋭い刀を容赦なく振り下ろすような豪胆さが見られません」

「そうですね」

確かに、正田の言う通りだ。それほど、難しい事件ではない。そう思って臨んだのだが、いろいろ考えすぎているのかもしれない。

鶴見弁護士を意識し過ぎているのかもしれない。郷田検事から聞いた鶴見の印象が、実際以上に彼を大きなものにしているのではないか。

仮に宇田川洋一と藤木利香が知り合いだったとしても、そこに殺人の依頼があったということとは、別の問題だ。

利香が宇田川のことを知っているのに、そのことを隠していたことは問題だが、それは事件とは直接関係ない理由からかもしれない。

皆川は起訴状に署名、押印をした。

「正田さん。では、お願いいたします」

起訴状を正田に渡す。

「畏《かしこ》まりました」

自分の手から起訴状が離れたとき、またも胸を締めつけられるような痛みを感じた。その気持ちを振り払うように、皆川が椅子から立ち上がった。

「トイレに行ってきます」

正田に断り、皆川は部屋を出た。

トイレに向かう途中、前方から歩いてくる公判部の郷田検事と出会った。

「どうした、屈託がありそうな顔をしているな」

郷田が声をかけてきた。

「ひょっとして、森塚の事件に関係していることではないのか」

心の中を見透かされているようだ。

「じつは、そうなんです」

心の中のもやもやを誰かに聞いてもらいたかった。それには郷田が適任だった。裁判で、何度か鶴見と対決してきた経験がある。

「昼飯をいっしょにどうだ」

郷田が誘ってくれた。

「ぜひ」

皆川は即座に応じた。

トイレから帰ると、正田がさっきの起訴状を持って、刑事部長のところに向かった。

昼休みになって、皆川は郷田といっしょに外に出た。

近くのビルの地下の定食屋で昼食をとり、日比谷公園に入った。きょうは春らしい陽気で、梅が咲いていた。

「何があったんだ?」

「はい。じつは被疑者を起訴しました。有罪の証拠も十分でした。被疑者も最終的には罪を認めました。自白の強要などありません。自ら進んで自供しました」

人気のない場所を歩きながら話す。

「それなのに、起訴をしたあと、心が落ち着かないのです」

検察官は公訴の提起についての裁量権を与えられている。つまり、検事の判断で、起訴するかしないかを決定するのだ。

ひとりの人間を起訴するか不起訴にするか、それによって当人の人生は大きく変わってしまいかねない。そんな重大な判断を、検事がするのだ。

皆川はその判断をするにあたっていつも慎重に冷静に判断してきた。被疑事実について、被疑者の犯行であることが明らかな場合にだけ、起訴してきた。

したがって、起訴のあとは微かな充足感があった。

森塚翔太の場合も、犯行は明らかである。そう思っての起訴だ。だが、他の事件を起訴したときのような充足感が得られないのだ。

このようなことははじめてだった。

「その被疑者の弁護人が、鶴見弁護士か」

「そうです。彼が、被害者の行動に疑問を感じているのです。事件とは直接関係ないことに思えるのに、被害者の過去まで調べようとしているのです」

「君はひょっとしたら、起訴は間違いだったかもしれないと思っているのか」

「いえ、そうではありませんが……」

「鶴見弁護士の行動が気になるのだな」

「そうかもしれません」

皆川は正直に答えた。

「あの弁護士は見掛けとは違い、神がかり的な鋭さがある。前にも言ったが、公判で何度か当たったが、こっちが気づかないことに目をつけ、反撃してきた」

「やはり、いま、彼が気にしていることは事件に関わっているのでしょうか」

皆川は不安になった。

「被疑者は最終的には罪を認めたというが、それまではどうだったのだ？」

「何度も自供を覆していました」

「鶴見弁護士の入れ智恵か」

「いえ。彼も持て余していました」

「すると、鶴見弁護士と被疑者の仲はしっくり行っていなかったと？」

「はい。どちらかというと、そうだと思います。鶴見弁護士は被疑者の供述に納得していないようでした。でも、被疑者のほうは鶴見弁護士に感謝をしていると」

「ほう、それは面白い」

郷田の目が鋭く光った。

「この事件を担当したくなった」

「どういうことでしょうか」

「真実とは何か。真実は誰にもわからない。したがって、起訴状に書かれたことが事実かどうかを争うだけだ」

「………」

「おそらく、この裁判、鶴見弁護士の負けだ」

「負け？」

「罪を認めた被疑者が起訴されたにも拘わらず、鶴見弁護士はまだ何かを調べている。それは、被疑者にとっては迷惑なことかもしれない」

郷田は微笑して、

「起訴は間違っていない。あとは我々、立会い検事が引き受けた。気に病むことはない。君は堂々としていてよい」

しかし、皆川の心は晴れなかった。

午後、強盗傷害の男の取調べを終えて、ひと息ついてから、皆川はまた森塚翔太のことを考えた。

最初、森塚は宇田川が包丁を持って襲ってきたのだと主張した。もし、このことがほんとうだとしたら……。

だが、考えられない。体力的に勝っている宇田川から包丁を奪って反対に刺すということは考えられない。これが、森塚が包丁を持って襲ってきたのを、宇田川が奪うということならありうるだろうが……。

やはり、森塚の言い分には無理がある。

それより何より、宇田川に森塚を殺さねばならない理由がない。藤木利香から殺害を依頼されたのだとしても、宇田川は自分が殺人犯にならないように実行するはずだ。

やはり、宇田川と藤木利香の関係と、森塚翔太の事件は別物だ。たまたま、偶然が重なり、宇田川と森塚が隣り合わせにすむようになっただけだ。

そこで、皆川ははっとした。宇田川はどういう理由で北大塚に住もうとし、そして『すみれハイツ』に入居したのだろうか。

「正田さん。すみません。高木警部補に電話をしていただけますか」

「わかりました」

正田は大塚中央署に電話を入れた。

「出ました」

皆川は受話器をとる。

「地検の皆川です」

「どうもお疲れさまでした。森塚を起訴したそうですね」

「ええ。そのことで、ちょっと確かめたいのですが」

「なんでしょうか」

「宇田川洋一が『すみれハイツ』に入居した経緯を、もう一度教えていただけませんか。不動産屋に確かめたのですよね。まず、北大塚に住もうとした理由です」

「不動産屋の話だと、宇田川は昔、好きな女性が北大塚に住んでいたので、この場所を選んだということです」

「好きな女性ですか」

「ええ。そのことはもう確認しようもありませんが」

「『すみれハイツ』に入居したのは?」

「家賃とそばに公園があるアパートという条件で探して欲しいと言われ、何件か候補を見せたところ、宇田川が『すみれハイツ』を選んだということです。森塚の隣になったのは、たまたまその部屋が空いていたからだそうです」

皆川は内心で溜め息をついた。

「わかりました。ありがとうございました」

「何か、補充捜査が必要なら仰ってください」

「そのときはお願いします」

礼を言って電話を切った。

今の話では、狙って入居したとも、偶然とも、どちらとも取れる。

屈託を抱えたまま、その日の執務を終えた。

「検事。いかがですか。ちょっといっぱいやっていきませんか」

正田が誘った。

「でも、きょうはお子さんの誕生日なんでしょう」

「ええ、まあ」

「早く帰ってあげてください。私はだいじょうぶですよ」

「そうですか」

正田は励まそうと気をつかってくれたのだ。

「正田さん、ありがとう」

「いえ」

正田は微笑み、

「検事もたまには早くお帰りになってください。奥さんと食事でもすれば、きっとすっきりしますよ」

「わかりました」

皆川も笑顔で応じた。

早く、森塚のことを忘れ、新しい事件をこなさねばならない。ひとつのことに、いつまでもかかずらっているわけにはいかないのだ。

あとは公判部に任せるのだ。郷田検事がきっと、うまくやってくれるだろう。皆川はそう自分に言い聞かせる、ようやく気が楽になった。

4

夕方、洲本が神戸から帰り、虎ノ門の事務所にやって来た。

京介は自分の部屋に洲本を迎え入れた。

「部屋が替わったんですか」

洲本が部屋の中を見回して言う。

「今度、新しい弁護士がやって来るので替わりました」

「そうですか」

洲本は特に感想も言わず、椅子に座り、

「さっそくですが、いろいろ調べてきました」

　と、切り出した。

「まず、藤木利香ですが、父親の一成とふたりで神戸市北区広陵町にあるマンションで暮らしていました。そのマンションには、親子の隣室に住んでいた夫婦がまだ健在で住んでいました」

「そうですか」

「一成は大阪の堂島に本社がある会社の西宮支社に勤めていたそうです。隣人は地震のときのことはよく覚えていました。一成は六時過ぎに帰宅したあと、八時過ぎに部屋を出ていったそうです。そのとき、その夫婦の部屋に顔を出して、急用で出かけてくるので、何かあったら利香のことをお願いしますと声をかけたそうです」

「どこに行ったのかはわからないのですね」

「ええ、聞いていなかったそうです。で、利香に声をかけたら『大丈夫』と言うので、夫婦は安心して十一時ごろにふとんに入った。そのとき、まだ一成が帰っていないようだったが、そのまま寝入ってしまったそうです」

　洲本は深呼吸をしてから、

「夫婦は突然の激しい揺れで飛び起きた。箪笥《たんす》が倒れ、家の中はめちゃめちゃになって、生きた心地がしなかったそうです。揺れが収まってから利香の様子を見に行くと、利香は崩れた家具の隙間で泣いていたそうです。怖かったのでしょう。一成の姿が見えないので、ゆうべ帰ってこなかったのだと思ったそうです」

洲本は痛ましげに続ける。

「夫婦は利香を引き取り、一成の帰りを待ったが、一週間経っても帰ってこない。一成が死んでいたことがわかったのは一カ月後だったそうです。東灘区の犠牲者の中に、一成らしい人間がいるという知らせを受けて、夫婦が身元不明遺体安置所に出向き、遺体の確認をしたそうです。一成は『雨宮荘』というアパートが崩落した瓦礫の中に埋まっていたということです。夫婦は、一成がなぜ、『雨宮荘』に行ったのか、見当もつかなかったそうです」

「一成が『雨宮荘』に行ったのは、間違いなさそうですね」

「ええ。埋まっていた場所は『雨宮荘』のところでしたから、一成はどこかの部屋で寝ていて地震に見舞われたのでしょう」

「『雨宮荘』の住人は全員お亡くなりに?」

「何人かは生存者はいたようですが、現在、どうしているかわかりません。『雨宮荘』の管理をしている不動産屋も地震で犠牲になっていました。大家さんは一昨年病死していて、当時の『雨宮荘』の住人を知る手掛かりは得られませんでした。でも、『雨宮荘』の何人かの住人を知っているひとがいました。アパートの近くにある美容院のオーナーです。美容院も全壊したそうですが、命は助かった。今は、同じ場所で美容院を再開したということでした」

「『雨宮荘』に住んでいた独身の女性のことはわかったのですか」

「ええ、独身女性は三人いて、その三人はよくその美容院にやって来ていたそうです。オーナーの女性は三人のことをよく覚えていました」

「そうですか」

洲本は手帳を開き、

「まず、実家が四国の松山で、神戸の専門学校に通っていた二十一歳の田代結花《ゆうか》。次に、三宮のブティックで働いていた二十六歳の友野順菜《じゅんな》。三人目が、西宮にある病院の事務員だった三十歳の石山真奈美《まなみ》です」

「この中に、藤木一成と親しくしていた女性がいたのでしょうか」

「オーナーの女性はそこまでは知りませんでした」

京介は藤木一成と宇田川洋一はいっしょにいたと考えていた。そこで、地震に遭い、宇田川洋一だけが助かった。そこに、宇田川と利香とのつながりの大本《おおもと》があると思ったのだが……。

「それから、宇田川洋一ですが、彼は地震当日の朝、会社に出勤し、ロッカーや本棚が倒れ、書類などが散乱した事務所の片づけを手伝ったそうです」

「一月十七日の朝ですか」

「ええ、そうです。その日、ほとんどの社員が出社出来ないかもしれないと思った会社の上司は宇田川のアパートに電話をして、会社に出てくるように頼んだそうです。アパートから会社まで歩いて四十分ほどで、宇田川は九時には到着したということです」

「彼はアパートにいたというのですか」

「他の同僚にも確認をとりました。じつは、ある社員が地震後の事務所内の光景を写真で撮っていました。その写真の中に、宇田川が映っていました。これです」

そう言い、洲本は借りてきた写真を見せた。

事務所内は机がばらばらに移動し、ロッカーは倒れ、書類が散乱し、傍らで呆然としている何人かの社員が映っている。

その中のひとりは、まだ若いが宇田川洋一に間違いない。写真の日付は一九九五年一月十七日。写真に映っている壁の時計は五時四十六分を指している。

間違いない。この写真は一月十七日の朝、宇田川が会社にいたことを証明している。

藤木一成と宇田川は共に震災に巻き込まれ、宇田川だけが助かったという自分の推測が崩れた。

京介は深い溜め息をついた。

「藤木一成と宇田川に交流があった形跡はないようですね」

「ええ、ありません」

「宇田川に付き合っている女性はいたのでしょうか」

「いえ、同僚の話ではいなかったと言ってました」

「そうですか」

「それから、上司や同僚が、今回の森塚との事件について、こんな感想を述べていました。やっぱりな、と」

「やっぱりな？」

「ええ。宇田川が隣人とトラブルを起こしたことです。昔から宇田川は自分の思い通りにならないと癇癪《かんしゃく》を起こす性癖があったそうです」

「癇癪？」

「ええ。会社でも、何度かトラブルを起こしたことがあって、あまり人望はなかったようです」

女川町でいっしょに仕事をしてきた社長の木下の話とだいぶ違う。もともと、そういう人間だったが、震災を間近に見て、人間が変わったのだろうか。

自分に被害があったわけでなくとも、倒壊したり、炎で焼け尽くされて全滅した町を目の当たりにし、さらに身近にたくさんの犠牲者が出たのだ。

だが、本質が変わったわけではない。『すみれハイツ』で隣人の森塚翔太の態度に、封じ込められていた痼性が蘇ったのだろうか。

やはり、宇田川の行動は藤木利香とは関係ないのかもしれない。

「ちょっと気になることがあるのです」

洲本が遠慮がちに言った。

「なんでしょうか」

「『雨宮荘』に住んでいた石山真奈美のことなのですが、彼女が勤務する病院は西宮で、宇田川が勤めていた会社の近くなのです」

「………」

「偶然かもしれませんが、ちょっと気になりました。それで、その病院に行ってきました。もちろん、今は石山真奈美を知る人間はいません。ただ、その頃働いていた職員の名を聞き出しました。その中で、戸倉明子という薬剤師の女性が石山真奈美と親しかったことがわかりました」

「戸倉明子は今どこに？」

京介はなぜか動悸《どうき》が激しくなった。

「東京の亀戸です。結婚して、今は子どもが大きくなったので、また近くの薬局で働いているそうです。どうしますか、会ってみるなら、約束をとりつけますが」

「お願いします」

最後のチャンスのような気がした。これで、何か新しい発見がなければ、潔く手を引こう。そう心に決めた。

二日後の夕方、京介は亀戸天神の裏にある『桜薬局』の前にやって来た。隣が町の医院だ。扉を開けて中に入ると、カウンターの向こうに薄いピンクのユニホームに身を包んだ女性がふたりいた。

ひとりは四十代後半と思える女性だ。戸倉明子だろう。今は、小野沢明子という。電話を入れておいたので、彼女もすぐに気づいて、近寄ってきた。

「さきほど電話をしました弁護士の鶴見です」

京介は名刺を差し出す。

「戸倉です」

彼女は旧姓を名乗った。

「どうぞ、あちらで」

隅のソファーに、彼女は招じた。

「石山さんのことだそうですね」

「はい。石山さんとは親しかったそうですね」

「ええ、同い年だったせいか、気が合いました。もう二十年です」

彼女は沈んだ声を出した。

「石山さんに恋人がいたかどうかわかりますか」

「ええ。付き合っている男性はいたみたいですよ」

「その男性の名前をご存じではありませんか」

「聞いてはいません。ただ、相手の男性にはお子さんがいたそうです。ずいぶん、彼女になついていて可愛いと。お母さんになってもいいと言ってました」

思わず、ああ、と声がもれそうになった。藤木一成と利香のことだ。

京介は手応えを感じ、思わず質問する声が震えた。

「宇田川洋一という人物をご存じですか」

「知っています」

即座に答えが返ってきた。

「どうして知っているのですか」

「何度か、病院に来ましたから」

「診察で？」

「最初は診察でしたが……」

彼女は顔をしかめた。

京介は緊張して、彼女の次の言葉を待った。

「あのひとは、石山さんにつきまといだしたのです」

「つきまとい？」

「彼女が親切にするのは相手が患者ですから当然です。それを自分に気があるのだと勝手に思い込んで」

「ストーカーですか」

「ええ、アパートまでつけてきたと言ってました」

「東灘区の『雨宮荘』ですね」

「ええ」

京介の頭の中が激しく回転した。

なぜ、一月十六日の夜、会社からいったん帰宅した藤木一成は、利香をひとり残して石山真奈美のアパートに行ったのか。

なぜ、その夜、一成は帰らなかったのか。

そして、ある想像に辿り着いた。

「ありがとうございました」

京介は急に挨拶をして立ち上がった。

きょとんとしている彼女を残し、京介は薬局を飛び出した。ひとりになって、今想像したことを検討してみたかった。

5

翌日、京介は森塚翔太の接見のために、東京拘置所に行った。

面会所の待合室には面会人がたくさん順番を待っていた。三十分後、京介は指定された接見室に入って待った。

森塚が入ってきた。あまり日光に当たっていないせいか、それとも長い勾留の疲れが出ているのか、顔が青白かった。

「体調はどうですか」

京介はきいた。

「ええ。平気です」

声は元気だ。

「じつは、あなたが訴えていたように、藤木利香さんと宇田川洋一さんのつながりがわかってきました」

「…………」

森塚は眉根を寄せた。

「去年の九月発売の週刊誌に、東日本大震災関連の特集が組まれ、その中に阪神淡路大震災と東日本大震災の両方を経験したひととして宇田川洋一さんのことが書かれていたのです。その記事を、利香さんも……」

「先生」

森塚が京介の言葉を遮った。

「今さら、そんな話を聞いても仕方ありませんよ」

「いえ、あなたの最初の主張のように、利香さんが宇田川さんに頼んであなたを……」

「やめてくれ」

森塚は叫ぶように言った。

「もういい。終わったことです。そんな話を蒸し返さないでくださいよ」

「森塚さん。あなたは、罪をかぶるつもりなのですか」

「罪をかぶるんじゃない。自分が殺ったことを認めただけだ。俺が、藤木利香をかばっていると思うなら、大きな間違いだ。あんな女をかばう気はない」

「あなたは、それでいいんですか」

「いいも悪いもない。事実をありのままに話した。それだけです」

「これから、藤木利香さんに会うつもりです。彼女に何か言いたいことがありますか」

「ありません。そう、もうあんたのことは忘れた。そう伝えてください。それから、喧嘩の末に宇田川を殺したんだとね」

「喧嘩の末に宇田川を殺したと、彼女に伝えるのですか」

「どっちでもいいです」

森塚は顔をそむけた。

「あなたのほんとうの気持ちを教えていただけませんか」

「ほんとうの気持ち？　ほんとうも何もありませんよ」

「宇田川さんに殺されかかったんじゃありませんか。それなのに、あなたは……」

「看守さん。もう終わりました」

森塚は立ち上がり、大声で叫んだ。

鶴見は唖然と、森塚の顔を見ていた。


翌日の夕方、虎ノ門の事務所に藤木利香がやって来た。

強張った表情で、京介の部屋の椅子に座った。

「すみません。お呼び立てして。ここのほうが、誰にも話を聞かれずにすみますので」

最初は会うことを頑なに拒絶したが、石山真奈美の名を出すと、諦めたように応じてくれた。

事務員がコーヒーを差し出すと、彼女は軽く会釈をした。

「赤穂へは、宇田川さんに会いに行ったのですね」

京介は切り出したが、彼女の口は閉ざされたままだった。

「あなたは去年九月発売の週刊誌で、宇田川洋一さんの記事を見つけた。阪神淡路大震災を経験していることから、自分が知っている宇田川さんではないかと思い、行方を探した。まず、女川町の町役場から宇田川さんの移転先を聞き、堺市の叔父さんの家に電話をして、宇田川さんが赤穂にいることを知った」

彼女は俯いたままだ。

「あなたが、宇田川洋一さんに会いに行ったのは、自分の父親の死の真相を確かめるためではありませんか」

はじめて彼女が顔を上げた。

「二十年前の一月十六日の夜、あなたのお父さんは会社から帰宅後、再び外出した。行き先は東灘区の『雨宮荘』に住む石山真奈美さんのところです。あなたは、行き先を知っていたんじゃありませんか。あなたは、石山さんにとてもなついていたそうではありませんか」

「…………」

「ここで、ふたつ疑問が生じました。なぜ、あなたひとりを残して、石山さんのところに行ったのか。そして、もうひとつはあなたがひとりで留守番をしているのに、どうして石山さんのところに泊まったのか。もし、泊まらず帰ってきたら、地震で命を落とすようなことはなかったのです」

「やめてください」

彼女は耳を塞いだ。

「藤木さん。森塚翔太は宇田川洋一さん殺しを自供し、自ら殺人者の汚名を着ようとしています。最初は、宇田川さんが殺そうとして襲ってきたと言っていたのです。ですが、今はかっとなって殺したと供述を変えました。森塚さんは何かに気づいたんです。何に気づいたのでしょうか」

京介は諭すように、

「このまま、森塚さんに殺人の罪を押しつけていいんですか。今後のあなたの人生のなかで、大きな翳《かげ》となってあなたを苦しめるようなことはありませんか」

あわてて手で押さえた彼女の口元から微かに嗚咽がもれた。

彼女が落ち着くのを待ってから、

「さあ、真実を話してください。きっと、気持ちが楽になりますよ」

と、京介はやさしく促した。

頷いたものの、彼女は言いよどんだ。何から話したらいいのか、迷っているのかもしれない。

「まず、二十年前の一月十六日の夜、何があったのか話していただけますか」

「はい」

深く息を吸い込み、ゆっくりと吐いてから、彼女は語りはじめた。

「父が会社から帰ってしばらくして、石山さんから電話があったのです。父は『宇田川洋一が』ときき返し、電話を切ったあと、『これから石山のお姉さんのところに行ってくるから先に寝てなさい。十二時までには帰ってくるから』と言い残して出かけていきました。その日、父は帰ってきませんでした」

彼女は辛そうに顔を歪め、

「次の日の朝方、激しい揺れで飛び起きました。棚から物が落ち、私もベッドから転げ落ちました。隣に父の姿がなく、恐怖と心細さにただ泣きじゃくっていたのを覚えています。隣の部屋のおじさんとおばさんに助けられましたが、父が帰ってこないので毎日泣いていました。石山さんがどこに住んでいるか、私は知らなかったんです。知っていたら、父を早く見つけ出せたと思いますが、父は長い間、身元不明遺体になっていたのです。おじさんとおばさんが父の遺体を確認してくれました。あとで、おじさんがこんなことを言っていたんです。係のひとが、父の死体検案書を見て、『ほとんどのひとが圧死や窒息なのにこの方は違う』と言ったそうです。私はそのときは何も感じなかったのですが、あとになって、疑問を覚えました。あの夜、父は帰ってこなかった。私をひとりぽっちにするはずがない父が帰ってこなかったことがずっと引っかかっていたので、私は父の死因が頭蓋骨骨折に伴う脳挫滅ということが気になりました。あとで、おじさんに石山真奈美さんの死因を調べてもらったら、父と同じ脳挫滅でした。私はそのとき、漠然とですが、父と石山さんは宇田川洋一というひとに殺されたのではないかと考えました。でも、証拠はありませんし、震災後の大混乱の中でのことで詳細は不明でしたし、そのようなことを口に出来ませんでした」

「あなたは宇田川洋一のことを知っていたのですか」

「父と石山さんと三人で食事をしているとき、何度かその名前が出ていました。そんなときの石山さんの顔はいつも曇っていたのを覚えています。三人で会っている時に現れたこともあります。今の言葉でいえば、宇田川洋一はストーカーだったのです」

彼女は語気を強めた。

「あなたは、その後、お父さんの妹さんに引き取られ、東京に行ったのですね」

「はい。そこでの暮しはみじめなものでした。叔母にも子どもがいて、いつも私は除け者でした。食べるものも着るものも差がついていました。父が恋しくてよく泣きました。高校もアルバイトをしながら通ったんです。高校を卒業してから叔母の家を出ました。それからはひとりで……。昼間の仕事と夜はスナックでバイトをして」

「そんなとき、森塚翔太と出会ったのですね」

「そうです。最初はやさしいひとだと思いました。東日本大震災が起こって、私のアパートの部屋も滅茶滅茶になって、それを片づけてくれたのは森塚でした。地震以来、ひとりでいるのが心細くて、森塚と同棲をはじめたのです。すると、激しく束縛し、気に入らないことがあると、すぐ手が出て……」

彼女はDV被害から逃れるために家を飛び出したが、その後も森塚のストーカー行為に苦しめられた。

「その後、平岡省吾さんと出会いました。平岡さんはとても誠実なひとで、これで私も仕合わせになれると思った矢先、また森塚が現われたのです。森塚が私を見つけ、刃物で脅し、警察沙汰になりました。私は地獄に落ちたような衝撃を受けました。平岡さんにも危害が及ぶかもしれない。父と石山さんのように、私たちもストーカー男の犠牲になるのではないか。そんな恐れにおののきました。警察に相談しても無駄だと思っていました。そんなとき、週刊誌の東日本大震災の被災地を歩くという特集記事を見て、忘れられない宇田川洋一の名を見つけたのです。あとは、先生の仰るとおりです。赤穂には、宇田川洋一に会いに行ったのです」

「あなたは宇田川洋一に、震災の日のことを問いつめたのですか」

「はい。ほんとうのことを知りたいのだと言いました。宇田川さんは逃げませんでした。ずっとそのことで苦しんできたと言い、正直に話してくれました。父と石山真奈美さんを殺したことを」

大きく深呼吸をしてから、彼女は続けた。

「ふたりを殺したあと、西宮のアパートに帰った。死ぬつもりだったそうです。ところが、地震が起こった。沢山のひとが死んだ現実に死ぬことを忘れていると、父も石山さんも地震で死んだことになった。でも、助かったとは思わなかったそうです。何もする気が起きず、会社もやめ、しばらく堺の実家にいてから東北に旅立った。死に場所を求めて女川町に行って、そこで会社の社長に助けられたと。その後、石山さんの面影のある優しい女性と出会い結婚して、子どもも出来たが、東日本大震災のあとの巨大津波の犠牲になってしまった。二十年前の罰をこんな形で受けるとは……と泣いていました」

彼女はそっと目頭を押さえて、

「そのあと、宇田川さんは私がその後、どのように生きてきたか訊ねました。叔母の家に引き取られてからのみじめな暮し。独立してからは昼間の仕事だけでは食べていけないので、夜はスナックでバイトをして何とかやってきたと答えました」

「あなたは、自分もいま父親と同じような目に遭おうとしていると話したのでは？」

「はい。宇田川さんに、結婚はと問われ、森塚のことを話しました」

「それで、あなたは罪滅ぼしに、森塚翔太を殺して欲しいと頼んだのですか」

京介は核心に触れた。

「殺して？　とんでもない。違います。そんなことは頼んでいません」

「そんな話はしていないということですか」

「そうです。していません。ほんとうです。ただ、宇田川さんが、私に任せてくれと。森塚に話をつけ、二度とつきまとわないようにしてやると言ってくれたのです。ほんとうです。信じてください」

彼女は真剣な眼差しで訴えた。その目に嘘はないように思えた。

「じゃあ、あなたは森塚が宇田川さんを刺したのはなぜだと思っていたのですか」

「私につきまとうなとしつこく責められた森塚が、かっとなって宇田川さんを刺したのだと思っています」

「あなたと別れるように宇田川さんから責められたなんて、森塚はひと言も口にしていません。このことを隠す理由は森塚にありません。それに、宇田川さんがそのようなことを言ったとしても、森塚が聞き入れるわけはありません。そのことは、宇田川さんも承知していたはずです」

「では、どうして？」

京介は頭の中で何かがひらめくように感じた。その正体を摑もうと懸命に考えていて、突然、閃光が走った。

「そうか、そうだったのか」

なんてばかなのだと、京介は自分をののろった。

宇田川は赤穂から北大塚のアパートに引っ越すまで、恩人とも言える木下の家で正月を過ごしている。木下は宇田川の亡くなった妻子を一番よく知る人間だ。妻子の思い出話も出ただろう。

なぜ、宇田川は木下の家に厄介になったのか。最後のひとときを木下夫婦と過ごしたかったのだ。宇田川は木下にそれとなく別れを告げたのだろう。

森塚の隣に引っ越し、森塚に難癖をつけたのは彼を怒らせたかったのだ。森塚がゴミ出しで部屋を空けた隙を狙って侵入し、包丁を盗んだ。ハンカチで柄を包み、指紋がつかないように注意を払ったことだろう。そして、事件の夜、宇田川は森塚を公園まで連れ出し、殴りつけかっとなるように仕向け、そして包丁を構えた。殺すつもりだったのではなく、森塚にわざと包丁を奪わせようとしたのだ。そうとは知らない森塚は必死になって包丁を奪い、向かってくる宇田川の腹を刺した。だが、宇田川は恐ろしい形相で迫ってきた。怖くなって、森塚はもう一度包丁を突き出した。宇田川は心臓に刺さるように体の位置を保っていたのに違いない。

「宇田川さんは、わざと森塚に殺されようとしたんです。つまり、宇田川さんは自殺でした」

「自殺……」

利香は息を呑んだ。

「あなたへの罪滅ぼしのために、あなたを不幸にするかもしれない元凶を取り除いてから、宇田川さんは亡くなった奥さんやお子さんのところに行ったんです」

「まさか、そんな……」

彼女は肩を落とした。

「私が会いに行ったことが、宇田川さんを死に走らせてしまったのでしょうか」

「違います。宇田川さんはすでに死んでいたんですよ。奥さんとお子さんといっしょに、巨大津波に呑み込まれたあの時点で……」

「なんで、なんで……」

彼女は涙声になった。

「あなたのお父さんと石山真奈美さんの仕合わせを奪った宇田川さんが、命を懸けてあなたの仕合わせを守ろうとしたんです」

それにしても、なぜ、森塚は宇田川の企みに気づいたのだろうか。


翌日、京介は東京拘置所に森塚を訪ねた。

接見室に入ってきた森塚は、気乗りしないように仕切りの向こうに座った。

「あなたは、どうして宇田川さんの思いに気づいたんです？」

京介はいきなりきいた。

「なんですか、だしぬけに。なんのことですか」

森塚は怪訝な顔をした。

「宇田川さんがわざとあなたに刺されたことです」

森塚の顔色が変わった。

「なんのことですか」

「宇田川さんはわざとあなたに難癖をつけていたんですよ。あなたに殺されるために。あなたは、ついにそのことに気づいた。なのに、そのことを主張せず、あなたは殺人の罪をかぶろうとした。なぜですか」

「………」

「ほんとうのことを言うんです」

森塚は長い間沈黙した。

「藤木利香さんがすべてを話してくれました。宇田川さんに、あなたのストーカー行為のことも話したと。そしたら、宇田川さんは何とかすると約束してくれたそうです」

京介は利香から聞いた話をした。

森塚が顔を上げた。

「先生。俺はほんとうに利香がいないとだめなんですよ。無罪にでもなって外に出たら、また利香を付け狙いますよ」

森塚は自嘲ぎみに笑い、

「だから、刑務所にいたほうがいい」

「森塚さん」

「先生が、宇田川さんと利香との繋がりを想像して話してくれたとき、ぴんときたんです。宇田川さんも昔は俺と同じだったのではないかって。そのとき、気がついた。俺を殺人者に仕立てて、彼女を守ろうとしたんだって」

「それだけで？」

「宇田川さんがいちいち私につっかかっていたとき、こんなことを言っていたんです。『おまえは俺と同じ種類の人間だ』って。それから、宇田川さんの腹を刺したとき、耳元で声が聞こえたんです。よく聞き取れなかった。でも、『すまない、許してくれ』って聞こえたような気がした。あれは、俺を殺人者にしてしまうことを詫びる言葉だと気づきました。それで、宇田川さんの目的がわかった」

「それなのに、どうしてそのことを言おうとしなかったのですか」

「自分でもわかりません。一カ月近く揉めていたのに、なんだか今はとても宇田川さんのことが懐かしく思いだされるんです。どうせ、俺は娑婆に出たら、利香と恋人を殺すに決まっている。宇田川さんはそれを止めてくれたのだと思うと、今度は俺が宇田川さんの思いを受けとめてやらねばならないと思った。いや、後付けの解釈かもしれませんが」

森塚は毅然とした態度で、

「先生。今のことを裁判で話して、裁判官や裁判員に納得してもらえると思いますか。まず、宇田川さんの二十年前の事件を公表しなければならないでしょう。そんなこと、出来ません。もっとも、それが事実だと証拠立てることは不可能だと思いますが」

「あなたはこのまま、殺人の罪をかぶるつもりですか」

「そうです。いくら法律でもひとの心には踏みこめません。私は殺人を認めます。もし、先生が私の意に沿わない弁護をするつもりなら、私は先生を解任します」

森塚は確固たる意志があるようだった。

「私の弁護士としての信念は、真実を明らかにし、被告人を救うことです。その信念を曲げることは出来ません」

「わかりました。さっそく弁護士解任の手続きをとらせていただきます」

森塚は立ち上がった。

「先生。ありがとうございました。本当のことをひとりでも知っていてくださるひとがいて、私は救われる思いがします。いろいろありがとうございました」

森塚は腰を折った。

「森塚さん……」

京介は唖然として、深々と頭を下げている森塚を見ていた。

エピローグ

裁判所から事務所に帰るなり、京介は柏田弁護士に呼ばれた。

執務室に入っていくと、黒いスーツ姿の若い女性がいた。黒縁の眼鏡をかけ、髪をひっつめている。知的だが、地味な感じだ。

「鶴見くん。この前話した牧原蘭子くんだ。きょうからうちで働くことになった」

「牧原蘭子です」

明るい声で挨拶する。

「よろしく指導を頼むよ」

「お願いします」

「こちらこそ、よろしく」

京介も頭を下げた。

「では」

京介が引き上げようとしたとき、柏田が声をかけた。

「鶴見くん」

「はい」

　京介は振り返る。

「森塚翔太の新しい弁護人が決まったそうだ。国選弁護人だ」

「そうですか」

　微かに胸が疼《うず》いた。

　真実とは何か。そのことに疑問を抱かせる事件だった。最後まで立ち会いたかったが、京介は解任されたのだ。大震災に人生を翻弄された人々の魂が安らかであるよう祈るだけだった。

「それから、今夜空いているかね。蘭子くんの歓迎会をしよう」

「わかりました」


　柏田弁護士の行きつけの小料理屋に、京介が先に着いた。

　柏田は牧原蘭子を連れて、他の法律事務所や裁判所などに挨拶廻りをしてからここに来るということだった。

　京介はひとりで小部屋で待った。

　ゆうべは皆川検事と会ったが、弁護人を解任されたことを告げただけで、その理由は言わなかった。

「郷田検事が言っていた。この事件は鶴見弁護士のはじめての敗北になるかもしれないとね」

　皆川の言葉を思いだし、胸の底から苦いものがわき上がった。だが、森塚が自分の意志で決めた生き方を応援したい気持ちもあった。

　沈んだ気持ちを慰めるために、神戸の河島美里に電話をかけようかと思ったが、ふと躊躇するものがあった。三宮で男性と親しそうに歩いている美里らしい女性のことを気にしたわけではない。

　赤穂義士の生き様を理解出来ない彼女に頼ることに戸惑いを覚えた。彼女に、自分の悩みを理解してもらえないような気がした。

　障子が開いて、柏田弁護士と若い女性が入ってきた。長い髪の華やかな感じの女性がいっしょだったので、京介は驚いた。

「どうした、そんな顔をして。蘭子くんだ」

「えっ」

　眼鏡を外し、ひっつめた髪をといただけなのに、こんなにも印象が変わるのかと驚いた。

　ビールが運ばれてきて、乾杯をする。

「私のために部屋を空けてくださったそうで、ありがとうございます」

蘭子が礼を言った。

「いえ」

「そうそう、これが棚に忘れてありました」

蘭子がバッグからパンフレットを取り出した。

「あっ、これですか。すみません」

播州赤穂の観光パンフレットだった。

「赤穂に行かれたのですか」

「ええ。これは去年の十月のときのですけど」

「私は去年の十二月十四日に。赤穂義士祭に行きました」

「どうしてですか」

「どうしてって、一度赤穂に行ってみたかったんです。私は赤穂義士の中で大高源吾が好きなんです。そう、花岳寺に大高源吾の句碑があったのを覚えていますか」

「もちろん」

京介の声が弾んできた。

柏田弁護士がにやにやしながら酒を呑んでいた。

解　説

小　椰　治　宣

一九九五年一月十七日、午前五時四六分——阪神淡路大震災が発生した日時だ。マグニチュード7・3の大規模地震は、死者六四三四人、行方不明三人、負傷者四万三七九二人という凄《すさ》まじい被害をもたらした。それから二十年が経った今年（二〇一五年）は、三宮にある『慰霊と復興のモニュメント』の広場で、追悼式典が催された。テレビで中継されたそのシーンを見て、当時の記憶を呼び起こした人も少なくないであろう。

若き弁護士、鶴見京介を主人公とするシリーズの最新作である本書では、この阪神淡路大震災がモチーフとなっている。本書の冒頭で、神戸地検にいる友人の結婚式に出席するために、被災地を訪れた京介はこう述懐する。

〈現在の三宮に震災の爪痕は見られない。だが、それは表面だけだ。身内を失い、親しいひとを失い、家も財産もなくし、仕事さえもなくした罹災者《りさいしゃ》がその後どんなに辛《つら》い人生を送ってきたのか、想像に難くない。〉

二十年経った今も、心の傷は決して癒えることはない。そして、同じことは、まだ記憶に新しい東日本大震災についても言える。すべての発端は、震災にあった——それが今回京介が関わることになる事件である。

その事件は、夜十時ごろ被疑者の森塚翔太（三十二歳）と被害者の宇田川洋一（五十二歳）が住んでいた『すみれハイツ』の横にある児童公園で起こった。二人が争った末、森塚が宇田川の腹部を刺して殺害したのだ。宇田川が森塚の隣りの部屋に越してきたのは、一カ月前のことだったが、当初から二人は仲が悪く、夜中に帰ってくる森塚のたてるドアを閉める音、テレビの音量、トイレの音など、宇田川はその度に苦情を言い、それに森塚が激しく言い返す。そうした状態が続いていた。

その夜も、二人が顔を合わせたとたん口論となり、体格のいい被害者に圧倒された森塚が、自分の部屋に駆け込み、包丁を持って駆け戻り被害者を刺した。つまり、殺意はあったと警察は判断した。

ところが、森塚は包丁を持っていたのは宇田川のほうで、あくまでも正当防衛を主張していた。しかし、包丁は森塚の部屋にあったもので、指紋も彼のものしか付いていない。森塚の主張通りとすれば、体力が優る宇田川が、なぜわざわざ森塚の部屋から包丁を持ち出す必要があるのか。どう考えても矛盾があり、警察の解釈の方が自然であり、説得力がある。森塚の主張を信ずるとすれば、被害者の宇田川が包丁を持って森塚を襲ってきたことになる——この点を鶴見弁護士は立証することができるのか。

森塚には、同居していた恋人が彼のもとを去ったのちもストーカー行為を働いており、一年前居場所をつきとめ縒《よ》りを戻すように刃物で脅したという前科があった。しかも、恋人が去った理由がＤＶだったのだ。さらに、森塚は去年の十一月に勤めていた居酒屋を店長と喧嘩《けんか》して辞めさせられてもいる。かっとすると何をするか分からない――今回の事件も、この森塚の性格に起因していると検察側は考えていた。担当検事は、奇しくも京介が友人の結婚式で会った皆川検事だ。本作では、京介とこの皆川検事、双方の視点から「事件」がとらえられていく。

多くの事案を抱え、今回の事件もその一つにすぎないと冷静に割り切って処理しようとする皆川。彼は、〈建前ではどんなに正義と真実を謳《うた》っていても、本音では流れ作業をこなしているだけだ〉と思っているのだが、そこに皆川が言うところの京介の〈青い正義感〉が立ち向かうことになる。皆川と京介の次のような会話が印象的である。それは、本書の、さらには本シリーズの、もっと言えば小杉健治の法廷ミステリーの根幹に結びつくものと言えるのではあるまいか。

〈「真実は神のみぞ知るだ。真実は誰にもわからないのではないか」
「そうかもしれません。でも、それは調べ尽くしたあとの真実です。（後略）」〉

さて、被害者の宇田川は東日本大震災当時、宮城県女川町に住んでおり、妻子を喪っていた。その悲しみから立ち直り、東京へ出て新しい人生を歩み出そうとしていた――

その矢先に被害に遭ったということになる。とすると、森塚の言うような、宇田川に殺意があったとするのはかなり問題がある。だが、京介は単なる隣人同士の争いにしては、不自然なところがあると感じていた。その裏に何があるのか？　森塚は京介にも何かを隠している節がある。京介は、その、「何か」を解明しなくてはならない。その先に真実が見えてくるはずなのだ。

ところが、被害者との間に、以前から何らかの関係があったのかと問う京介に対して、森塚の答えはころころと変わる。それは検察での取調べでも同じであった。明らかに自分の都合の良いように繕いながら、嘘《うそ》を言っているとしか思えない。真実を追求するには、被疑者が弁護人に真実のみを語り、両者の信頼関係が成り立っていることが、必須条件である。この条件が整わない今回の場合、京介にとっては、きわめて難儀な依頼人ということになる。

これまでにも京介は、難しい依頼人たちと関わってはきた。『覚悟』（二〇一二年）では、殺人容疑で逮捕された青年が、京介の必死の弁護にもかかわらず、一審で死刑判決を受けてしまう。被告は、無罪を主張し続け、京介もそれを信じ続けていた。ところが、死刑の判決後、被告は控訴を拒絶してしまう。『冤罪』（二〇一三年）では、数名の男の死と関わりのある銀座ホステスの弁護を担当した京介だったが、彼女の真実の姿が、魔性の女なのか聖女なのかで悩むことになる。さらに、前作『贖罪』（二〇一四年）では、妻殺害の容疑がかかった小説家志望の夫の弁護を、国選弁護人として担当する。生きる気力を喪失し、自らに有罪の宣告を下してしまった被告の無罪を、京介は解任されてもなお追求し続ける。たとえ青臭いと言われてもそれが京介にとっての正義であり、自分の使命と考えているからでもある。

こうした過去の弁護歴と対比しても、今回の被疑者は、より厄介で質《たち》が悪い。しかも、森塚は、彼がストーカー行為をしていた藤木利香が宇田川に依頼して、自分を殺させようとしたので、二人の関係を調べて欲しいと訴えてきた。宇田川は、森塚を殺すために隣室に引っ越してきたというのだ。実は、森塚はストーカー行為で警察沙汰になったあとも、ストーカーを続けていたというのだ。彼女には付き合っている男がいて、自分が邪魔なのだと。

さすがに京介も、妄想癖があり、自分を常に正当化しようとする森塚には腹立たしい思いがしたが、仮に、森塚の主張することが真実だとすれば、利香と宇田川との間にどのような接点があったのかを明らかにする必要がある。

宇田川はかつて関西に住んでいて、阪神淡路大震災を経験している。つまり、彼は二つの大震災に遭遇していたことになる。利香も神戸の出身だが、大震災の時はまだ七歳だった。宇田川は当時三十二歳、二人に接点はありそうにない。

一方、森塚は京介に相談することもなく、突然検事の前で、自ら犯行を認める供述をする。自分の部屋の包丁を持って出て、宇田川を公園に誘い出して刺したのだと。そして、藤木利香には〈俺の負けだ〉と伝えて欲しいと。あれほど、包丁を持っていたのは宇田川だと主張し続けていた森塚の態度が急変したことに、京介はショックを受けながらも、森塚に真実だけを供述するように諭し、自らは宇田川の叔父が住む堺まで足を運ぶ。その叔父の話によると、宇田川は東日本大震災で妻子を亡くしたあと、上京するまでの間、赤穂で暮らしていたらしいのだ。

元禄十四年、江戸城松之廊下で、高家筆頭吉良上野介に刃傷に及んだ浅野内匠頭長矩《たくみのかみながのり》が藩主として治めていた、あの赤穂である。即日切腹を命じられた長矩の仇討《あだう》ちをみごと果たした赤穂義士に並々ならぬ関心をもっている京介は、つい最近も神戸での友人の結婚式に出席する折に足を伸ばしていたので、日ならずしての再訪ということになった。この労を惜しまぬ姿勢が、ある重要な事実を摑《つか》む切掛けを京介に与えることになる。その「事実」は、事件そのものの見方を逆転させるほどの衝撃的なものであった。赤穂の海を眺めて心の傷を癒していたはずの宇田川に、いったい何が起こったのか。急に上京した理由とは……。

そして、その「事実」をさらに裏付ける上で意味をもってきたのは、京介が最初に赤穂を訪ねた際の、ある記憶であった。しかし、新事実を土産に東京に戻った京介を待っていたのは、森塚の想定外の態度であった……。

鶴見京介が弁護士として有能なのは、青い正義感に裏打ちされた、良い意味での執着心である。前作『贖罪』で痛い目にあった郷田検事は、本作の中で、京介をこう評している。

〈「まず、依頼人のどんな言い分をも受け入れて、それを元にすべてを考えていくのだろう。そこに矛盾が生じたら、そのことを徹底的に追及する。（中略）真実の追及のためには手を抜くことをしない。国選弁護においてもそうだ。だから、いつでも持ち出しになっているのではないか」〉

では、今回の皆川検事との法廷外での対決は、どのような結果となるのか。しかし、京介と皆川、この両者の対決以上に興味深いのは、被疑者である森塚の心情の変化である。本作は、弁護士としての京介が触媒となっての被疑者の成長譚として読んでも興味深いものがある。それと同時に、若い鶴見弁護士の成長譚と言えなくもない。

このように、多面的な「面白さ」が味わえるところもまた、本シリーズの、あるいは小杉健治の小説の魅力なのである。ところで、多面的といえば、京介のプライベートな部分に関しても、シリーズの愛読者にとっては気になるところである。つまり、京介の私生活でのパートナーが、いつ見つかるかという点である。

これまでにも、京介の心の琴線に触れる女性が現れなかったわけではないが、実を結んではいない。今回は、友人の結婚式で知り合った女性と一緒に食事をする機会にも恵まれるのだが、どうもまた空振りの気配が濃い。そんな折に、京介が籍を置く柏田法律事務所に新人の女性弁護士が入ってくることになった。どうやら、彼女も赤穂義士に少なからぬ関心を抱いているらしい。二人の関係が、どう進展していくか――これは、京介が次にどのような被疑者の弁護をするのかということ以上に、愛読者にとっては興味のあることではなかろうか。その意味でも次回作へ寄せる期待は、いやが上にも大きくならざるを得ない。

（おなぎ・はるのぶ　日本大学教授、文芸評論家）

この作品は、集英社文庫のために書き下ろされました。

集英社文庫

鎮《ちん》 魂《こん》

2015年4月25日 第1刷 定価はカバーに表示してあります。
2019年10月23日 第2刷

著 者 小杉健治《こすぎけんじ》

発行者 徳永 真

発行所 株式会社 集英社
東京都千代田区一ツ橋2-5-10 〒101-8050
電話 【編集部】03-3230-6095
【読者係】03-3230-6080
【販売部】03-3230-6393(書店専用)

印 刷 株式会社 廣済堂

製 本 株式会社 廣済堂

フォーマットデザイン アリヤマデザインストア マークデザイン 居山浩二

ISBN978-4-08-745312-6 C0193